"(...) Um homem toma posse de si mesmo por meio de lampejos, e muitas vezes quando toma posse de si não se encontra nem se alcança. (...)"

A. Artaud, *Carta para Jacques Rivière* em 25 de maio de 1924

Coleção Lampejos

©n-1 edições 2019 / Hedra

Ritornelos
Félix Guattari
título original   *Ritournelles* – Éditions de la Pince à Linge, 2000
primeira edição

©n-1 edições 2019

tradução©   Hortência Santos Lencastre
coordenação editorial   Peter Pál Pelbart e Ricardo Muniz Fernandes
direção de arte   Ricardo Muniz Fernandes
revisão   Pedro Taam
projeto da coleção/capa   Lucas Kröeff
ilustração/alfabeto   Waldomiro Mugrelise
coedição   Jorge Sallum e Felipe Musetti
assistência editorial   Luca Jinkings e Paulo Henrique Pompermaier
ISBN   978-65-81097-02-8

Grafia atualizada segundo o Acordo Ortográfico da Língua
Portuguesa de 1990, em vigor no Brasil desde 2009.

Direitos reservados em língua
portuguesa somente para o Brasil

N-1 EDIÇÕES
R. Frei Caneca, 322 (cj 52)
São Paulo-SP, Brasil

Félix Guattari
Ritornelos

O livro como imagem do mundo é de toda maneira uma ideia insípida. Na verdade não basta dizer Viva o múltiplo, grito de resto difícil de emitir. Nenhuma habilidade tipográfica, lexical ou mesmo sintática será suficiente para fazê-lo ouvir. É preciso fazer o múltiplo, não acrescentando sempre uma dimensão superior, mas, ao contrário, da maneira mais simples, com força de sobriedade, no nível das dimensões de que se dispõe, sempre n-1 (é somente assim que o uno faz parte do múltiplo, estando sempre subtraído dele). Subtrair o único da multiplicidade a ser constituída; escrever a n-1.

Gilles Deleuze e Félix Guattari

FÉLIX GUATTARI psicanalista, filósofo e militante, nasceu na França em 1930 e morreu em 1992. Trabalhou na clínica de La Borde, junto a Jean Oury. Publicou *Psicanálise e transversalidade*, *A revolução molecular*, *As três ecologias* e *Caosmose*, entre outros. Com Deleuze escreveu sobretudo *O anti-Édipo* e *Mil Platôs*, renovando o panorama da filosofia francesa.

Conhecido sobretudo pelas noções de "micropolítica", "esquizoanálise" e "ecosofia", esteve sempre atento às mutações do desejo e da subjetividade contemporânea. Interessou-se desde cedo pelos movimentos políticos no Brasil, pelo surgimento das rádios livres na Itália, pela rede internacional de alternativas à psiquiatria – em suma, pelo que ele mesmo chamou de "revoluções moleculares".

Ritornelos

Hortência Santos Lencastre
(*tradução*)

As noites, pústulas de vida, são sempre iguais. A mão se agarra à cortina vermelha. O que é que ela está remexendo na gaveta? Já conversamos. Ele não tinha escolha, era ou vai ou racha. Margens, tênues interstícios. Ou ele metia a cara, ou então, francamente... A partir de agora, ele não está mais para ninguém. Maneira de dizer, porque, à menor distração, uma transatlântica sirene dos anos vinte começava a gemer e, aos poucos, ia se formando a ideia de que o tempo das derradeiras agitações estava de volta.

Alto, curvado, pulôver folgado de malhas largas. Ou, se preferir, baixinho, magro como um varapau, cabelos penteados para trás, estilo rastaquera. Vidraças atravessadas pelo sol pontilham uma silhueta escura, num escritório tipo romance policial de antes da guerra. Seria muito bom, mas bom mesmo, se fossem várias coisas, um monte de coisas a perder de vista, com pessoas, ruas, portas, janelas, toda uma parafernália colorida. Mesmo que não fosse mais exatamente como antes, com expressões obsoletas, maneirismos, desvios, contorções, que conferiam uma espécie de espessura a tudo que acontecia. Recolher migalha por migalha, recolar, pedacinho por pedacinho, as poucas configurações dentro-fora que puderam resistir às correntes de ar.

Braços afastados, aspire bem fundo. A escada dá diretamente para a rua, a porta do porão está entreaberta; o rosto de uma desconhecida. Uma luz solitária acende no segundo andar. Não mexa antes de secar! Um cachorro late ao longe. O que é que eles quiseram provar? Que deixem ao menos a cueca! Os cabos vibram com o vento; a batalha dos trilhos; isso está virando os "Grandes cemitérios sob a lua". Tua ausência despedaçou minha vida. Quem perguntou alguma coisa? É só olhar como eles fazem. Por muito tempo, ele disse para si mesmo, que bando de imbecis! E depois, enfim... Essas histórias que envolvem uns caras, umas garotas e esses bandos de macabeus. Sempre dá para ganhar alguma coisa! Com ele é diferente, até no fundo da *sierra*, perseguido pelos esquadrões da morte, ele continuaria a escrever seu diário. E já vimos que não era uma simples questão de ritmo, de equilíbrio entre as partes, mas de consistência suficiente, que, por isso mesmo, podia implicar excessos no limite do sustentável, bobagens de ranger os dentes.

Restos farinhentos, copos embaçados. Olha só, ela deixou a luz acesa. Dança do acasalamento. Ninho bagunçado. *Take it easy.* Fecha os olhos, querida. Louviers, rua do Mâtré. O móvel para o pão, no canto da cozinha, tinha uma porta arredondada. Brincadeira boba do tio que o queima com o cigarro, dizendo-lhe para fechar os olhos, e que vai fazer a fumaça sair pelas orelhas. Ela entra sem bater. Um segundo de hesitação. Mas quem é essa velha tagarela? Estava bom demais. Folhas recolhidas rapidamente. Sem escapatória. Girando o punho, ela indica que não quer falar ali. Ele não tem outro jeito, senão sair com ela. Essa louca deve pensar que o escritório dele está cheio de micróbios.

Como uma marionete. Um pequeno corte no dedo, uma catástrofe esquizo. As migalhas do tempo. Se você pudesse se dar ao trabalho de se explicar! Por aí a fora, à rédea solta. Está ouvindo, cara, você entende. Ele se segura firme. Ronco de uma mobilete. Ela voltou tarde. Sintaxe asmática.

Ruiva como um campo de girassóis. Ele gira nos calcanhares. Inocentemente, por assim dizer, ele acreditou que tudo ia mudar, que ia poder viver, ao mesmo tempo, com as duas garotas, que tudo seria simples. Um, dois, três, quatro, cinco. Como deslizar sobre rodinhas. Como uma cortina de teatro. O cabaré das lilases. A cabeleira ruiva, estonteante, e o cheiro das lilases. Um precipitado carnívoro. E de volta, volta o tempo dos limpadores de fossas. Vamos sugar a merda, alegremente. Os caminhões-pipa, os tubos grossos fedendo na calçada. Vocês nunca viram isso, não são desse tempo! O que é que a merda quer com a gente? Com os esgotos, a fossa foi transformada em abrigo antiaéreo. A merda nos créditos finais. Ela olha para você com aquela aparência opaca. A mulher sem rosto, na encruzilhada. As esculturas de Juva. O sublime kantiano. O cheiro de resina fresca. E do granizo, espalhado pela calçada da rua Aigle; uma bombona cheia é atingida pelo carrinho que eles giravam sem parar.

Mamita Juanita esta malo. Um monte de histórias. Ela me olha. Poderíamos fazer mil coisas. Olhos por toda a parte. Ninho de víboras. Eles brotam da trama das telas de Jean-Jacques. São vários. Ele se queixa de quê? Olhos na música, nos estudos de Czerny, na articulação dos dedos. Está me entendendo? O olhar embaçado, de bosta, da tevê. O olho verde dos rádios de antes da guerra. É isso que eles têm a dizer.

Saltos altos nos degraus de mármore. Uma bunda que balança, pra lá e pra cá. Ela sempre ajudou os argelinos e abrigou soldados britânicos. Criadora de casos nata. Ele concorda em falar com eles. Tomadas as devidas precauções, é claro. Só para testá-los, sem compromisso. Só mesmo um babaca para se meter nesse tipo de arapuca! De cara amarrada, ela declara que confia nele. Aliás, ela não tem escolha. Esse tipo de edifício só poderia ser na periferia de Roma. Ele assovia de admiração. Que guirlanda de instantes fatais!

Na escola maternal de Saint-Pierre-du-Vauvray, ele brinca no balanço com uma moreninha. Meio séria, meio rindo. Sombrinhas de papel chinês. Turbulência. Em 1943, na praia de Langeais, uma outra morena; essa devia ter uns treze anos; fazendo doce para não entrar na água com ele. Você não pode entender, tinha dito a mãe. Mas sempre tem que ter alguma coisa para entender? Mesmo gênero da ruiva girassol, e sempre, em consequência, uma coleção de solteironas de salto alto. Poderíamos colocar em fila: a dama de negro, a arma negra e o armário envidraçado da Villa Ghis; a boa decisão de recopiar o caderno de ciências naturais com a caneta nova do Papai Noel; o cachorro de Maigremont que quase o mordeu; a queda do R, a morte do avô. As cinzas misturadas com restos de cerveja, nos riscos do pires.

Com seu aspecto de nulidade, seu passado amalucado, sua menopausa persecutória, as ideias platônicas têm que se comportar! A encruzilhada do cachorro de *Los Olvidados*. E como se não bastasse, você ainda pergunta o que eles pensam! Brincadeira! Esses caras são ministros, altos funcionários, gente mundana até a raiz dos cabelos.

Ação Direta à distância sob as arcadas de Bolonha. Ela está falando com um cara sentado na mobilete. É claro que não se ouve o que eles dizem. Mesma coisa com Irene, no bulevar Saint-Michel. Mas, dessa vez, a ruptura acontece porque o cara era gente fina. Enigmáticas danças de abelhas levam até a cozinha da rua Aigle. Uma gaveta onde ele guardaria os programas de teatro, com os quais tinha uma relação quase fetichista, até que um dia, a mãe lhe perguntou se ele não gostava mais da coleção do que dos espetáculos que eles iam ver todo domingo de manhã.

A cozinha! Que coisa! Assim que entrou, ele foi ver, sem perguntar nada, de que jeito era. Tinha armários. Coisas esperando.

Nem uma palavra, nem um gesto, ou você morre. Os canalhas estão vindo. Às vezes, conseguimos reconhecer um. A garota que estava com eles era meio vulgar. Só dois dedos de vinho do Porto. Entre sem bater, bata sem entrar. Arranque as dobradiças. Destrua as fachadas. Ande logo, faça alguma coisa! A opinião como cascas de cebola antes de atingir o nervo da sensação. E a merda que começa outra vez. Lengalenga vernacular, mas sempre a mesma limitação aos valores machos, adultos, brancos, tributários das tendências. Vagir, mugir, rolar pelo chão, sufocar, parir, amamentar, ficar visivelmente grávida, cortar o barbante com os dentes. Combinado, não vou dizer, ainda e sempre o tempo coagulado de antes da guerra, a tristeza, a pobreza, Luiza, alguns trocados para o nosso enxoval. Sobre a pia de zinco, o impacto das gotas abandonadas. Uma cordinha para puxar o basculante. Pega-moscas e rabanetes negros. Banheiro turco no andar. Uma gaivota empapada de petróleo no guarda-comida.

Vem para a cozinha, é melhor para a gente conversar. Duas geladeiras, a nova e a velha. Já é um sinal. E a outra, indiferente, impertinente, arquiduquesa, com a qual ele teria podido visitar, na baía de São Francisco, um veleiro transformado em museu. As gaivotas e tudo mais. E no fundo, muito apagada, a bailarina de cabelos de linho com quem ele morou por algum tempo em Green Street. Nada a ver com uma partida de Go cuja estratégia consiste na posição dos primeiros peões. Muito mais margem, indefinição, aleatório, transplantes imprevisíveis. Essa mulher irritante tem alguma coisa a ver com Suzy, a irmã de Bicot, o presidente do Clube?

Largado numa poltrona rasgada, um braço esticado, um copo de uísque na mão. Pequena massa amarelada suspensa no cosmos. Nem uma gota jogada fora. Siga em frente sem olhar para trás.

Talvez eles tenham se encontrado em Lyon. Ela também trabalhava na redação de *Temps Modernes*. Só algumas perguntas. As pequenas mimosas. A valsa rosa. O papel de parede pintado de sépia. As flores enormes desbotadas pelo sol. Derrapada semiótica. Marguerite, rua Saint Benoît. Fusão andrógina. Nada a ver com uma oposição masculino-feminino.

A porta vai-e-vem do elevador de ferro fundido. Alguns degraus antes do patamar, uma escada parasita conduz a um cubículo claustrofóbico. Karl deve ter tido outros esconderijos, uma espécie de nicho dando diretamente para o pátio da Sorbonne e um quarto caindo aos pedaços para os lados de uma certa praça Maubert. Não se aproxime. Gire a cabeça. E se digo *Judas, o Obscuro*, bricabraque balzaquiano, *O Morro dos ventos uivantes* ou a narrativa ancilar. Ela se jogou pela janela do quinto andar. Ela e duas amigas davam aulas de dança no castelo. E se fosse uma flor, uma cor, um animal. Um roçar na tangente das suas unhas longas. La sol dó. A menina dos cabelos de linho. Os fios das vagens verdes da tia Germaine. A estatueta verde fluorescente do Buda. Preto, ímpar e passo.

Senhora Ric e Rac. Senhor Fric e Frac. Bom dia, Augustine, como a moça das cabines de já não sei que loja. Ela tinha lhe dado um pequeno sinaleiro que soltava faíscas ao acionar a mola. Bom dia, Pauline, como Pauline Carton. Devem ter se encontrado em 1956, num grupo de oposição comunista. Tantas coisas para fazer! Uma eterna tensão. Mas se entenderam bem, sexualmente. Ele transou com ela umas duas ou três vezes. O local da rua Geoffroy-Saint-Hillaire. As farsas do significante. Como antes da guerra de quatorze. Ela entrou sem bater. Ele fica desconcertado.

Você acha que aconteceu alguma coisa? A partir de então, era melhor não olhar mais para o céu. Cuernavaca. Milhares de andorinhas giram em volta da imensa chaminé da *hacienda*. Vão acabar todas caindo lá dentro. O olho do Cosmos como a Vaca que ri. Depois ele se recuperou na festa das lanternas. Saltou do barco e se perdeu pelas vielas.

Podemos chamar isso de máquina. Vários Universos disjuntos. Golpe de sorte. Falta de sorte. Umas e outras. Alterificação. E depois, isso te persegue, te faz reverências, te diz bom dia gente, boa noite cacetes.

Na encosta da colina, a casa tinha duas entradas: uma, na frente, que dava para uma autoestrada ladeada por uma linha férrea desativada e por um rio cheio de balsas e dragas ensolaradas, e a outra, na parte de trás, que dava diretamente para a encosta, ao nível do segundo pavimento. Sempre dá para ganhar alguma coisa! Pequena massa amarelada. A garota dos cabelos brancos. Elas te esperam na curva. Alto, baixo, frágil. Jasper Jones. A água gosmenta do limpador do para-brisas. Eu não sabia de nada. Não insista! Há momentos na vida, momentos em que tudo parece desabar, os fatos e os gestos afundam, é a discórdia entre as faculdades da alma. Silvermoon. Você quer dançar comigo?

Ela se levantou enquanto ele estava dormindo. Vai andando pelo cais de Tournelle. Continua chovendo. Sobe a rua Bernardins até Maubert. Será que eles mexeram nos papéis? Olha como fala comigo! O simbólico, o simbólico, eles só falam nisso! Tem gente que não dorme mais de duas horas por dia. Bulevar Bineau. Ponte de Levallois. Ilha da Jatte. Um estudante de farmácia. O que é que ele está fazendo ali? Memorável turbilhão. Você devia pelo menos voltar para os trabalhos práticos. O reconhecimento das plantas. As doses máximas. A balança de Cotton. Deixa eles entrarem. As escadas de madeira da idade média. O cheiro de Louviers. Móveis de vime. Pôsteres de vidro. Trinta e três rotações. Já vou te encontrar.

Fazer o que for necessário. Na estrada para Christminster.

Eles deixaram as bicicletas na beira do acostamento. Entraram pela noite a dentro. Ele a trouxera para a França. Logo na primeira noite, meio sem se dar conta, penetrou-lhe a bunda. A pastilha vermelha no cascalho. Slalom especial. Os potes de geleia em cima do armário. Villa Ghis; o ateliê à direita da escada. A martiniquense gorda. As correias no teto. Moagem e limpeza. Fornos para pão. Lâminas e celofane. Farinha de banana. Manteiga de cacau. Tensa intensidade. Um instante, só um instante. Bom para o som, bom para a imagem. Rocalha rococó, linha de fuga barroca. Potsdam. Sans-souci. Uma cestinha desce por uma corda da janela de cima. Nos primeiros tempos ele olhava com atenção o pátio do estacionamento e a luz sempre acesa no alto do antigo edifício do *France-Soir*. Efeméride. Passar a esponja. A porta vai-e-vem do elevador. Beirada do degrau. Barras de cobre. Ele tropeça no tapete vermelho. A *concierge* da avenida dos Gobelins. Dois comprimidos de excitante. Não quer obedecer, tome bala. Articulações ácidas. Eros fumígeno. Ela deve ter chegado no meio da noite, com um cara de moto.

Enrolada redundância. O beco pavimentado de Cinq-Mars-la-Pile, abaixo do edifício de dois ní-

veis, onde ele brinca com a lama. Cocô de pombo.
O que é que a merda quer com a gente? Chilrear de
passarinhos numa vinheta de *France Musique*. Rua
Aigle, 92, La Garenne-Colombes. A Aigle-águia
e a Colombe-pomba, cada uma do seu lado. O 9
que dá a volta sobre si mesmo. A águia estufa,
fica enorme. A cauda dos hemistíquios de(s)cola.
Fuzil de ar comprimido para caçar a dama de negro. Neve no Central Park. O assassinato do Papai
Noel. Sangue na neve. Cartões postais com enfeites prateados. Negros enormes com uma capa
laranja empurram carrinhos verdes. As silhuetas
vermelhas nos quadros de Gérard Fromenger. Um
pássaro bate na janela. Num viaduto de São Paulo;
disse-lhes que continuassem um pouco sem ele.
A calçada irregular do Hôtel de Guermantes. Ele
acabou descobrindo que a desproporção dos níveis
entre o viaduto e a avenida engendrava um eco
longínquo com a ponte Cardinet e seu entorno ferroviário, na percepção desmedida da infância. O
babaca havia jurado a si mesmo que nunca mais
usaria a terceira pessoa do singular, como se diz
na escola.

As palavras sobem nas árvores como formigas.
Dentes de serra; dente cariado. Sente-se. E missão
especial de dois selos com a efígie do Marechal e
uma vinheta intercalada representando seu bastão.

Comprimidos rosas e ácidos: balinhas vitaminadas, vocês têm uma alma? É o remo que nos leva, leva, leva... Maigremont, os cavalos da aurora, evidência vegetal. Barricadas nas portas, metralhadoras nas janelas. De noite, o fim dos meios e um terceiro termo desaparecido, dissipado, máscaras e bergamascas. Um tubo ou uma garrafinha de água amarada no radiador. Para imitar o irmão.

Taras Bulba. A pistola do pai na têmpora do filho. Assim seja. Atirou no que viu matou o que não viu. Sala de espera da dentista da rua Gaultier. Gravuras modern style. Deixe as suas coisas. Expressionismo abstrato. Os tapetes e os toldos que atravessam as calçadas de Nova York. Seu pai varrendo a neve diante do portão do 92. Se você está de saco cheio da farmácia, faz o que você quiser! Preto ímpar e passo. Poderiam ter dito antes. A Águia e a Pomba. Esquizo para toda vida. Vá entender!

As frases devaneiam. A língua estremece. Avise. A testa na pia. Victor de cabeça para baixo. De bicicleta, de manhã cedo, em direção às colinas de Portejoie. Jerusalém celeste. Na época das grandes inundações de 1910; sala de reunião com colunas de ferro fundido. Cooper Union. César Frank, Pierre Franck, Vlamink. Bigode rastaquera. Astor Piazzola. Ela morava num casarão, estilo Império, rua Royale, e ele num grande apartamento no dezesseis, entulhado de pianofortes, espinetas, cravos, violas de gamba. O vendedor de pianos em frente à sala da Mutualité. A morte de Lucien.

Você tinha que ver. Margem esquerda, margem direita. Em cima em baixo. Rompa as amarras. O restaurante das plantas verdes, no cais da prefeitura com uma escada em caracol frágil, oscilante. O viaduto de São Paulo; a casa dos dois níveis. Se você acredita. As marcas na parede, ao lado do radiador, para ver se ele cresceu. Estranho e familiar. O caracol gigante do Guggenheim. O operário cai do teto. Os potes de geleia em cima do armário. Cai não cai. Victor deitado no quarto. Sua roupa de domingo. Seus sapatos novos. Quer vê-lo? Um jornal no rosto. Por causa das moscas. A sopa de moscas de Mouloudji. Rua da Pisse, ao lado da igreja de Louviers. Rasto sonoro sobre a dupla avenida de Pinheiros. Fluxos mais lancinantes dos caminhões. As máquinas das tecelagens; gesticulação de algas. Um prato de leite. As cinzas dos ancestrais misturada com a cerveja num pires de Mahieu. Issiakhem. Estudo de costumes. A quinquilharia de Charlebourg, em frente ao supermercado. Lilases floridas. Cabeleira ruiva. Não fique parado.

Esse grande bagunceiro, a cabeça através do teto. Ela pega o fone. Fecho-éclair. Gente. Genet. Rosto-limiar. O pátio dos maiores. Harar. Caretas caleidoscópicas. Obrigado senhora. Ele o outro e a velha. Adulteidade. Ruas desertas. Mão única. Sol de domingo. Um precipitado opaco e luminoso sobre Saint-Germain-en-Laye. A emergência. A capela de Saint-Pierre-de-Vauvray. Outros lugares. Outras palavras. Paulo embriagado, mas empertigado.

Deglutição de um fio de catarro. Dunas incorporais. O hotel Iroquois reduzido a cinzas. Guirlanda calcinada. A ilha nua. Um amigo do Havre. Trabalhador das docas. Quem disse o contrário! Prece de uma virgem. Obrigado por tudo, pela sua confiança, pelo nosso entusiasmo. Ainda alguns meses. A temporada de verão. As grandes marés. Sobrancelha arrancada pela ressaca neurótica. Dois tubos de Gardenal. Estirado na praia. Atirou no que viu e matou o que não viu.

Vírus Rijeka. Passos no corredor. Desfile dos pássaros pré-históricos em sombras chinesas. Como em pleno dia. Um raio numa torre elétrica, bem ao lado da tenda, fez descer suas regras. Extrato de menta. Genciana. Metanol. Tetracloreto. Clorobenzeno. Confiteor. Mamã meu mamá. Bretanha fractal. Legiões romanas. O remo de Toulouse. O spot verde persistente na tela. Blade Runner. O Velho Porto. O gato faz pipi. Palavras banais. Casino de la Selva. A tempestade tropical. Arbustos de flores vermelhas se iluminam. Buril. Cimento armado. Fra Diavolo. As ruelas do *barrio* transformadas em torrente. A campainha da bicicleta à noite. A casa do poeta.

Amida Buda. Pé de chinelo. Ele vira e volta. Karl encostado na máquina de lavar. As vibrações, o calor, o rumor. Outros encontros. Essa daí está sempre em forma. Cinq Mars, a rua que desce. Os alemães transformaram os porões em bunkers. Trilhos. Foguetes. Anéis retroativos. Uma corda ao pé da cama. 33.333. O ser não é feito apenas de pão e sal. Quando teremos que encarar isso? Geoffrey na sua espreguiçadeira. Ele vai acabar se levantando e indo embora. Chave de contato. O molho de chaves como um grupo sonoro. Fio de palha. Os olhos da lama. Fenda vertical. O Anjo exterminador. Bagault, o professor de inglês, sempre com um fio de saliva no canto da boca. *Daffodils.*

Ela faz a reverência. Gentil papoula. O quiosque da rua de Sartoris. A turma dos menores no fundo do pátio. O senhor Chattemisse. Graças a ele pôde pular a sexta série, embora tenha sido reprovado. Os outros ficaram furiosos! A senhora

Cordin o prepara para o concurso de piano Léopold-Béllan. O muro do Atlântico. Como fazer de outra maneira. O abrigo antiaéreo no pátio das meninas. Biscoitos vitaminados. O diretor vem ler a redação modelo onde tem um cavalo em esforço total, os músculos retesados, brilhando na chuva. As olheiras do cavalo do Pequeno Hans. Ainda a queda do R. A história de um velho cavalo, o primeiro livro de leitura achado numa espécie de sótão adjacente à cozinha com o basculante. Não se mexa mais. Ele tinha licença para evoluir sem ser visto num mundo de silêncio, atrás do espelho, para um beco interior ou para uma espiral externa.

Eles começaram a correr para todos os lados. Cólera transcendental. O alto, o baixo, devolver ao remetente. A ikebana, a cerimônia do chá, alegria infantil da repetição. Fort Da. Ele começou a tremer. Potência do mal. Ele esboça o gesto de trazê-la para si quando o outro chega, então ele a empurra para os braços dele. Alguns trocados para fazer nosso enxoval. Dobradiças arrancadas. Ele está sentado no chão, encostado ao piano. Eles tocam valsas 1900. Dança de são Guido. Façam alguma coisa!

Ele os acompanha até a porta, mas, no último instante, ele a retém com uma leve pressão no braço. Eles estão esperando embaixo, no pátio.

Troca de endereços. Promessa muda. Cavalgada catatônica. Braço mecânico. Semáforo. Estrangulamento com o cordão umbilical. Grades invisíveis. Remexendo na caixa de jogos. Porcelanas de Langeais. Uma simples alusão. A hipótese de uma fragmentação infinita e a eventualidade de que isso se solte em bloco, que linhas se ramifiquem. Bajulação. Ninho de vísceras. Eles vão tentar encurralá-lo.

Os pequenos proprietários do imaginário. Punhado de areia. O pequeno Marcel num banco do bulevar Bineau. Apogiatura. Milhares de cepas narrativas sofrendo. Ele havia recomendado que molhassem os antebraços para se protegerem da canícula. Manhattan. Estacionamento. Resíduos. Gremlin. Não me incomodo de ter que esperar. Sempre é bom. Um cara engravatado de azul olha para ele com insistência. Primeira à esquerda. Os gargalos apertados do Pachinko. Em Nara, os alunos de uniforme preto fazem fila para olhar para eles, como um animal estranho, como se fossem dar biscoitos aos cervos aprisionados, como se fossem comprar biscoitos num quiosque previsto para isso. Belos domingos. Gustave Moreau. Os jardins franceses.

Ele deve estar na rotatória do Centro para sua partida de bridge. Passando em frente à padaria.

Piano a quatro mãos. Erupção-irrupção de dois seios. Arca da aliança. Um cabo entre dois edifícios. Uma prancha em equilíbrio. Um cachorro late. Ele pensa em descer o lixo. O carro dos bombeiros. O soldado de chumbo cujo braço Paul derreteu ao tentar recolar. A cor diluída no chumbo. Os três escrínios. O Buda verde. Passarela enferrujada. Ele se levantou sem acordá-la; vestiu-se na penumbra; enfiou à força os sapatos que não tinha desamarrado na véspera; saiu de fininho. Um dia, uma porta. Uma noite... uma noite. Quo Vadis. Geoffey no seu gênero. Os prós e os contras. Cada vez mais vulnerável. Colapso cósmico. Karl contra. Escada em caracol ao lado da prefeitura.

Piche significante. Na ponta da lagoa. Sentado numa plataforma, Gare de Lyon, na partida das Brigadas para a Iugoslávia. Verde mineral, leitoso, translúcido. Travessia da Planície de Nanterre, em velosolex, para encontrar Annick, cujo pai é ferroviário. Escombros afetivos. Rosto de gesso. Um dia, o jardim; uma noite, o reflexo da porta de vidro da biblioteca. Você não vai sair dessa! A ausência. Lustucru. Desenha um bigode para ele.

O tempo se propaga, o espaço se desagrega e o baço, o baço que se degrada e a seringueira e o vento nas palmas da ilha de Cozumel, sol vertical que bloqueia qualquer saída. Os desenhos obscenos de Marcella. Um *glissando* na unha do polegar. Cimento buril. A java das almas mortas. Dados imediatos, abundantes, sem desculpas, sem vacilar, sem outra forma de processo. Dentro tortuoso. Fora meu legionário. Ou ao contrário. Uma gota de sangue na ponta da agulha. A balança eletromagnética de Aimé Cotton. Será que eles vão se rever algum dia? Agora ele tinha que cuidar da sua vida.

Distinguo. Repetição obtusa. A testa na beirada da pia. Reencontro das fachadas palpitantes. Do, lá, si, sol. Más companhias. A lei das misturas. Mas não esquece. Cruzamentos, proliferações. Máquinas abstratas: sua beleza nos embriaga. Nada a esperar disso. Ela tranca a porta e vai embora. Futuro anterior. O verde opaco da caixa de aspirina e o verde colorido da fita mágica Scotch. Durante quarenta anos. Gustav Klimt. Atualmente, ela mora na rua Royal, num casarão com duas colunas estilo Império, e um salão, no térreo, que se prolonga numa grande estufa de estrutura metálica rendada. Que prazer encontrar você. Doze balas no corpo. Os dois arcos de concreto da ponte de Saint-Pierre. Potinhos de creme azul escuro translúcidos.

O medo de faltar. Ou vai ou racha, ou para por aí, ofegante, no cruzamento onde todos os caminhos se cruzam. Maigremont, o castelo e a fazenda do tio Saint-Yves. Os cavalos sob as grandes árvores da aurora, antes da volta para Courbevoie. O cachorro que o mordeu, ou quase, na alameda aplainada, abaixo, que vai até a estufa. O manequim, *corpse*, *body*, na sala do bilhar-pilhar. Ao pé da escada, as vozes na sala de jantar. Hora de dormir. Está sempre na hora. O porão-cozinha, de manhã, dá para o pátio por uma escada de pedra. Paul Saint-Yves, na mesa grande, hesita em esmagar o ovo no pão, diante do olhar incrédulo da criança. Os gansos ameaçadores no portão da entrada. Mas talvez fosse só uma foto. Praça do Mail, no alto de Louviers. Manon Lescaut. A cada gota que cai as explosões de surpresa de Jean Marie. Sete, oito, nove e sua cesta nova. Sempre dá para ganhar alguma coisa. Fluxo sem remorso, sem esforço. A irmã de Pierre Audiger. Se eu tivesse que recomeçar minha vida.

Se o grão não morre. O medo de que o fluxo cesse e a humildade de mergulhar nele. É isso! O que vão pensar? E aquele outro que aprecia e sentencia torcendo o bigode. Pierre Franck, Vlaminck, tio Maurice, a grande sala estilo 1900 com as colunas de ferro fundido, a Grande Jatte, a Quarta Internacional. Bernardette encara a assembleia. Faz de conta que não nota a presença de Karl, nem os olhares que convergem para ela. Depois faz meia-volta. E o russo de olhar de aço. Ela caminhava pela avenida Lowendal, diante da Escola Militar. Concupiscência frouxa atrás das grades. A partir daí. O vento nas cortinas de tule. A sacada ensolarada. Ela espera por ele, nua, lânguida, os cabelos soltos, trêmula de suor, impregnada de esperma. Ele foi para a sala ao lado. Dois copos de uísque. Ele não para de falar ao telefone.

O passo vai ficando pesado à medida em que ele se aproxima do castelo. Consistência narrativa. O monge Lewis. O instante fatal. Trocar seis por meia dúzia. Que vença o melhor. Poeira. O cursor no zero. Santinha do pau oco. Grama para coelhos. Victor com um saco de batatas nas costas. Vinho de abrunho. De um lado a estrada de ferro, do outro o caminho margeando o Sena. Ao fundo, as colinas de Portejoie.

E o drama, o drama não, pobre coitado, o trágico da vida! A água com sabão no piso. Matarasso. Anouchka. Taras Bulba. Ele corre como um louco ao encontro dela. Por que dizer que ele tinha sido visto vagando pela rua? Central Park. Guirlandas de natal na calçada das grandes lojas. As faíscas do brinquedo de tia Augustine. Vermelho, verde, nervura dourada, papel prateado, esmeraldas, bolas de aço. Lee Strasberg. O piano branco de Marilyn. De perder o fôlego. O suor cai nos olhos. Ela o levou ao templo; ele cantou com os outros. Melhor a trama das coisas do que o drama da vida. Manter o rumo. Consistência do virtual. Ritornelo real. Fiel a uma tradição de livre pensamento, o pai não quis batizá-los. Coluna de ferro fundido. Paradise lost. Imanência da Razão. A finitude para nos distrair. Nostalgia das vitaminas da catequese. Vacina contra a fissura. O que aconteceu? Na esquina da rua do Four com a rua Princesse, em frente ao restaurante universitário, Lucien lidera alguns estudantes comunistas e avança sozinho contra um grupo de assassinos do Ocidente. Bulevar Raspail, François lhe dá uma pedra. Vai em frente!

A gente vai ganhando todas. Não necessariamente a lasca maior, mas o cisco no olho. Albiez, o Velho. Tia Louise, tia Madeleine em Maigremont. Decalcomania. Flores chinesas coladas na vidraça. O paradigma do Pai Lustucru. Bolinhas de miolo de pão. O Pequeno Polegar. A saturação conceitual do Entendimento, e depois o salto na Razão prática. Karl continua correndo na calçada que margeia o Central Park Oeste; Geoffrey com um copo de uísque na mão; Bernadette sai da sala das colunas; Pauline sobe as escadas de mármore na periferia de Roma. Por outro lado, o cara do escritório-romance policial ainda não foi identificado. Declaro aberta a seção. Shifter. A procissão dos dinossauros em sombras chinesas na plataforma do metrô. Um jantar em que ela foi convidada por um cara que acabara de conhecer. Casais de diferentes idades. Linha de mira. Campo minado. Tubérculos. Um dos convidados se levanta da mesa, se aproxima, puxa-a da cadeira, joga-a no chão, arranca-lhe a roupa e trepa com ela. Ela deixa, e depois todos os machos, um de cada vez, fazem a mesma coisa. Cinq-Mars-la-Pile. Gaston Leroux. O mistério do quarto amarelo. Uma casa cúbica de pedra talhada, branca, quebradiça, onde moravam duas gêmeas.

Natacha, a ruiva da Closerie des Lilas. Primeira à esquerda. Descida em rapel. A dama Jane. Não saiam de perto. Os invasores tomaram o controle dos pedágios. O nascimento do horizonte. É uma questão de rigor impreciso. Como quando você deixa o fio um pouco frouxo na pesca com vara. Quem morreu entre aqueles todos? Eles o puxavam, colocavam-no sobre uma espécie de prancha em forma de tamanco. Eles pareciam estar acostumados. As zonas desérticas do cérebro. As três castanheiras floridas do pátio da rua Aigle. A mãe sempre ausente, essência da emergência. Freud dava a maior importância aos odores. Os vagões multicoloridos do metrô. Não adianta procurar. Eles pararam depois da ponte de Saint-Pierre, numa curva, numa fazenda. Por causa de um ovo. Ele se refugiou na cabana das ferramentas. Mão numa curva: os desenhos de Man Ray sobre os textos de Éluard. As mãos de Escher. Modular uma trajetória. Rodopiar. Pouco importa! Máquina clinamen. Viroflay. A garota e a casa. As espaldeiras quebradas. A estufa enferrujada da segunda casa de Saint-Yves, perto da estação de trem, às margens do Eure, no caminho das antigas tecelagens. Sorriso de alga. E ele continua falando comigo. Dicotiledônias. Bálsamo-do-Peru. Sol verde. Café preto. Caminhei. Pechinchei. Mundos e fundos. A mão no saco.

A armadilha do encontro. Para falar de Karl. Ela queria esquecer. Para Geoffrey era só o pretexto para uma paquera casual e sem ilusões. Ele me ligou do Havre. Procurando um amigo de infância. Antigo trabalhador das docas. Mão que emerge de uma curva rochosa. Caracóis batem suas antenas numa cerca-viva de ligustros, depois da chuva.

Quem que qual! Mas o que é que esse vento quer com a gente? Portejoie. Montejoie. Bibi ofegante numa nuvem de gotículas. Deportado para Saint-Pierre por causa do "ar fresco". A queda do

R; o doutor Lion *dixit*. O das amídalas. De fato, sobrecarregada com a fábrica e a depressão do pai, ela não podia mais suportar a carga do "menorzinho". Tela encerada. Já que é assim! Ruptura da Mütterlichkeit. A sombra dos veleiros dança e balança sobre o nome de Gabriel Fauré. O quebra-mar de Cassis na direção do cassino; os pneus pendurados para proteger os parapeitos. Piche. Macadame. Estroboscópio nos calcanhares de um recruta embriagado. Pierrot, meu amigo. Giro de manivela. Édipo matraqueia.

A mão; a noite fuliginosa; ela caminha; slalom, surf. Me dá. Espera. Pela barbicha. Bem que eu disse. Colagem papel jornal. Braque. A Dormição da Virgem Maria. Mehr licht. Como você se engana, como você se engana. Brincando de amarelinha. Ostras perversas. Olhos vendados. De costas para a parede. O Pai Magloire. Skopje. Parede granulosa do hotel de Santiago. Estão te esperando lá em baixo. Ela poderia ter voltado com ele. Mas a outra é uma chata. Tanque cheio de aditivada. Nível do óleo. As plataformas da rodoviária. A entrega das caixas cercadas de ferro. Não temos tempo. Tantas coisas. Depois de Cadum, um prédio sem estilo de três ou quatro andares. Uma primeira alameda. Um hangar no qual se instalou um mendigo. O terraço, os lençóis pendurados.

As nuvens, sim eu sei. Valparaíso, alongando o ditongo. O musgo. A miséria. Um café acima do nível, na esquina da rua Lhomond.

Sem conseguir. A roda-gigante. Cinéac. Bem fundo. Coitado. Sua glande palpita, dona do universo. Para conseguir. Cursor no zero. Ela ficou destruída. Cabeça em pedaços. E a Mütterlichkeit, o que você faz com isso? A ponte do Gard. Vertigem de uma solução de continuidade. Mamã meu mamá. Ele queimava o dorso das mãos com cigarros. Só melhorava quando eu cuidava dele no fim de semana, quase dia e noite. Assim que eu voltava para Paris, ele ficava na cama por uma semana. O restante do castelo não gostava dele. Às vezes, eu o levava de moto para encontrar Lucien, Pierre e Michel. Rua Monsieur-le-Prince. Rua Gay-Lussac. Um mapa da Ternura.

Placas de ferro fundido perfuradas. Guindaste em frente ao prédio de Geoffrey. Será que ele vai subir? Um cara sai do elevador e olha para ele de forma estranha. Voltar com uma bureta de óleo para verificar tudo. Não deixar nada fora do lugar. Lá em cima os convidados dançam. Vontade de sentar ao piano. Mas ele não sabe mais nada de cor. Por cima do parapeito. Você comeu uma azeitona. Implicância. Queria matá-lo! Três degraus para descer. O alfaiate filatelista. Estrada para

Colombes: as fábricas de gás. Axiomas do dia a dia. Momento musical. Ele ganhou castanholas para a festa da rua de Rouen. Ela recoloca lenha na cozinha. Cuidado com a cabeça. Que isso também lhe aconteça; que ela caia mortinha no chão; que fique lá para sempre. Corpse. Body. O manequim da sala de bilhar de Maigremont. Vão vir buscá-lo. As grandes greves de Montceau-les-Mines. Retorno a Courbevoie. A voz do professor. O Lion Noir. Ela está tuberculosa. É preciso prestar atenção, parece que isso os deixa sexualmente excitados.

Torcicolo. Super impressão autística. Palmada na bunda. As escamas do instante. Tapioca. O barco encosta. Reflexo das lanternas. Riverside. Focal no horizonte desértico. Pássaros pré-históricos. Linha divisória. Giz e sílex. O tempo dos passeios com Victor, do pisca-pisca na janela do hotel de Perpignan, da inserção dos raios luminosos no escritório-romance-policial do contexto americano. Mão que avança. Joint venture. Só uma gota. Quando era garoto, ele organizava os bandos no pátio do recreio, não só seu próprio bando como os bandos adversários. Representamen. Os odores da rua do Mâtré: os caixotes de frutas, o respiradouro da padaria, as vigas mofadas. Percepções amodais. Bastões, letras e algarismos. Eu me. Não é? Devolver ao remetente. Ele vai. Doce-amarga. Nada menos. Tirar a tampa. Fechar o guarda-chuva. Rabanete negro. Talvez bastasse ela ter dito antes que estava grávida.

Mussitação. Embala meu coração. Ele foi padrinho do casamento. Mazurca. Mountolive. O lago Ladoga. Mourmansk. Mudança numa carroça puxada a cavalo. Rua de Normandie. Rua de Fauvelles. Geoffrey só aparecia de vez em quando. Mas a cada dificuldade, por exemplo, se houvesse prisões, ele reaparecia. Lenin em Petersburgo. Trotsky no seu trem blindado. Você não evitará uma máquina de guerra social. Simon tomou conta do local da rua Geoffroy-Saint-Hilaire para instalar uma livraria de modo que Karl ficou de fora. Mas, nessa época, ele ainda não tinha problemas de dinheiro.

Cortina vermelha. Lua ruiva. Arruinar-se. Ninguém vai se incomodar. É claro, o porta-garrafas, envolto em reflexos verdes, o banquinho, a água-benta, a aranha à espera, a diferença incomparável. A pá do carvão. Ele atira num rato com um revólver. A cortina do cinema perto da Place de la République, aquele da rua Condé, vermelho vinho cavernoso, objeto de uma infinita contemplação, sob o efeito do Dolosal, depois de uma noite de cólica renal. Quando se atinge essas regiões. Gymnopédie. Ele varre as folhas. A mão se estende. Nunca vai se habituar. A escolha dos eleitos. Todos aqueles para quem o exterior se acende a cada noite. Primeiro corredor à direita. Ele fazia parte do mundo deles. A extinção dos fogos. Ele decide descer. Adiado por tempo ilimitado. O cachorro na beira da janela. Será que ele vai pular? Sem medo, sem culpa, sem ostentação, sem pudor. Pastoral. Mahagony.

O escândalo financeiro. Fecha os olhos, minha querida. As provas científicas. Segurar pelo colarinho. Pelo pescoço. Alavanca de Arquimedes. Tio Charles, moribundo, agarrado a uma corda que ele amarrou no pé da cama para acompanhar as crises da dor. Tudo para a bricolagem. Elásticos, telhas onduladas, torneiras, rodelas, limas, roscas. Caixa de ferramentas conceituais. Eles vão acabar brigando. Foi depois da morte do tio que ele foi morar com Sophie. O que quer o povo? O triângulo das bermudas e as pequenas enguias de La Rochelle e do Saint-Laurent. Ida e volta da Gulf Stream. Archaeopteryx. Ornitorrinco.

Claro, claro! Movimento de repulsa de Sophie quando leu a descrição do quarto de Karl, no hotel da rua Sartoris. Lâmpada pendurada num fio. Saco de dormir. Mochila. Flauta, gaita, cantil de pele de bode. A mão na água. Fernand empurrou-o na piscina. Albiez-le-Vieux: a primeira casa-trailer de 1946. Foi só escrever a data. Ondas concêntricas. Familiarizar sem familiarizar. Consistência necessária e suficiente. Critérios severos, mas díspares. Nem uma gota a mais. Singularidade radioativa. Alteridade a toda prova. Minimalismo maquínico. Imperativo ontológico. Vai puxando até que a elasticidade ceda.

Traçado plano sem heterogênese. Falena, fratura, fazenda, falo. Alergia ao ovo. Ressaca. Ele gesticulava no salão. O outro e o sexo. Em plena curva, sem acender o farol. Cada coisa no seu tempo. Um olhar azul para uma questão branca. Não vamos mofar aqui. Ele enfia a capa, coloca o chapéu, pega o guarda-chuva, ruidosamente assoa o nariz, pigarreia. Espécie de espécie. A lâmina do barbeador. Pelos nas orelhas. A fada malvada. Rendas. Medida por medida. À disposição de *Usted*.

Que ela tenha seios pequenos e firmes. Que ele a acaricie, e depois a penetre só um pouco. Que seja sua mãe, como na foto de casamento. A festa vai começar! Falena, falanstérios, floreios. Curvas provocantes.

Virago. Que surpresa! Apesar da promessa do Marquês todos os republicanos foram exterminados durante o sono. Não há mais código, só interfones. Vidraça opaca, esbranquiçada. Sala de espera. Não direi mais nada, mas ele não corre perigo. A estufa de Maigremont. Cocô de cachorro no cascalho. Bilhar-abobalhar. O Albergue da Juventude de Chanteloup. Não podemos esconder nada de você. Não é essa a questão. As linhas subterrâneas não deveriam ter sido cortadas. Uma bruxa no fundo do porão. Éramos mil ou dois mil. Quando tudo isso se torna invólucro, circunvolução, organização, ponto de mira, mão na cabeça, segurança no emprego, galeras reais e galeões, tirremes, corvetas e balanços.

Karl margeia o rio como um sonâmbulo. Mercado das Pulgas. Festival de besteiras. Rua Eugène-Caron, o gemido do trem de subúrbio. Ponte Cardinet. Três degraus para baixo e grandes tinas fumegantes. Ele queria ter ficado sozinho com ela. Uma camada de nevoeiro. Será que ela ia se resignar a um bom casamento? O casarão da rua Royale. Tudo depende da esquina. Condições necessárias e suficientes. Primeiro foi a esquina da rua Maubert, os Pianos Anders, um café na calçada, rua Lhomond, e aquele edifício cartão postal de Manhattan. Depois a esquina de Palermo, esperando por ela. O encontro do Vert-Galant, daqui a dez anos, daqui a vinte anos. Fachadas. Saliências.

Um olhar para o quarto de segundo. Genuflexão dos pelos do pincel, o que chamam de pincelada.

Pau a pau. Usa e abusa. Musa a intrusa. Para com isso! Um olho de esguelha. Catequese. Maionese. Horizontes quiméricos. Ele tentava convencê-la de que suportaria melhor as infidelidades, se ela lhe desse explicações, detalhes precisos que seriam incorporados às suas próprias fantasias. O jato esverdeado quando o anzol atravessa a isca. Os fios se embaraçam. Pancada nos joelhos. Retenção da carteira de motorista. Saumery no tempo do surreal cadáver esquisito. Mamão com açúcar. Nem uma palavra. A pesca na lagoa. Encontro amanhã de manhã às seis horas. Veios do mármore. Ele pega a mão dela. Entalhes. Esponja. Resina. Melanina. Flibusteiros. A caixa de brinquedos. Quando menos se esperava.

Matsuchita. Funâmbulo. Mão com luva de camurça. Um coração míope. Acomodar os restos. Não ligar para os detalhes. Um para-brisa estilhaçado. As dependências do castelo foram reformadas sob múltiplos pretextos institucionais, de modo que o espaço vivido nunca fosse linear. Um cartógrafo onírico. Um cachorro branco de olhos verdes. Um peteleco para soltar o troço. Um macaco verde de cabelos brancos. No fim, você vai acabar se desfazendo dele! A água fervendo. Sucessão de peidos. Não tenho a intenção. Todos os olhares voltados para ela. Ele lhe fazia discretamente a corte. Quase a evitava. E, para surpresa geral, numa noite de plantão, ela veio sentar no colo dele. Ainda hoje isso lhe parece inacreditável. La Garenne-Saint-Denis de mobilete para ir ao encontro dela. Uma casa baixa, diante da Basílica. Um degrau talvez. As pessoas da família. Ele tinha ido esperá-la na saída de uma fábrica, rua de Vaugirard, não muito longe dos bulevares periféricos.

São miríades. Correndo para todos os lados. Dien Bien Phu. Metralhadoras na janela. Nunca mais ponho os pés ali. Suando em bicas. Ele se regozija da sua mediocridade.

Uma casa de pedra em Villejuif. Uma espécie de comunidade. Ela instalou um laboratório. Cabos na escada. Dispositivos eletrônicos em toda a parte. Quando ele vem vê-la, sempre hesita em estacionar o BMW em frente da casa. Mas fica ainda mais constrangido em deixá-lo cem metros adiante. As crianças fazem perguntas. Suporte superfície. Antropofagia sensível. As composições desconectadas de Tadao Ando. Nenhuma notícia de Karl.

A engrenagem. Uma palavra pela outra. Botas emborrachadas. Um aroma de irreversibilidade. Nenhuma escapatória. Cabeleira ruiva que ela quase sempre junta e prende numa bandana. Departamento de cronobiologia. Bactérias no microscópio eletrônico. Palpitação dos vacúolos e mitocôndrias. Os olhos de Bernadette. A essa hora o laboratório ficava deserto. Ela subiu outra vez sem objetivo definido. Osciloscópio. A fita da impressora passa por sua mão. Algumas figuras rítmicas a intrigam. Ela as rodeia com o marcador vermelho. Alguém põe a mão no seu ombro. O que você está fazendo aqui? Tudo mundo já foi.

Façam jogo. Conservado em gelatina. Extinção dos fogos. Juro que eles estavam de acordo. A escada rolante do metrô Télégraphe. Um camundongo passa por baixo da porta. Ela joga o dicionário, mas não o atinge. O tempo ainda não tinha se descolado. Passagem através do espelho. Ela circula, invisível, entre os membros da família. Arma negra. Tia Emilia. Mão abandonada. A alameda das tílias associada ao anúncio da bomba de Hiroshima. Progressivamente. Ela o leva para o quarto ao lado. Enterro na areia. Ângulos enferrujados. Quem dirá que não! Na parte de baixo do castelo de Saint-Germain-en-Laye, o restaurante na beira da esplanada. O espanto de Karl diante de Geoffrey paquerando com insistência uma mulher insignificante. O fechamento dos portões. Obrigado por ter chamado. Eles começam a correr pela passarela.

Bela Vista, farnel. Ervas finas. Escapou por um triz. Passeio selvagem, Bernardette, numa espreguiçadeira, corta as unhas, enquanto Joan, ao seu lado, brinca de se maquiar. Joan tem oito anos. Esperta, ela se destaca pelas reflexões provocantes lançadas aos adultos que, por isso, sempre querem que ela vá na frente. Estacionamento, saltos altos, detritos. Ela alcança Steeve que a esperava ao volante de um velho Studebaker, escutando Astor Piazzola e consultando notas relativas a trabalhos de matemática. Sweet heart. Erasedhead. De tanto estudar a teoria do caos. Sustentação precária. Atractores estranhos depois de um tratamento algoritmo adequado do material bruto. A impostura ontológica. A segurança do gesto de Geoffrey.

Os braços afastados, fixo numa massa gelatinosa azulada, depois em posição fetal, sob uma luz avermelhada. Sempre o mesmo encontro. Em Pascuaro, no Michoacán. A mão verde. Sair da cama. Ele me. Estou indo, estou descendo. O que encontro? Estigmas. Água sanitária. Erva-do-diabo. Chichén-Itzá. Tehuantapec. Tegucigalpa. Rodas de raiva. E daí? Você quer minha foto? Pediram que ele escrevesse alguma coisa. Nham, nham já mastiguei. Pega-moscas. Nunca mais ao ar livre. Palpitação de alga das memórias. Nenhuma nostalgia. Mas um encontro como aquele, rico de fauna e de flora, descerebrado, rugoso, esponjoso, raivoso à beça, que espanta os espíritos animais...

Ele retoma a leitura do *Shui-hu-Zhuan*. Ervas venenosas. Embalado pelas ondas do seu próprio discurso. Hugo Ball. O Cabaré Voltaire. Mara-roma. Rimbambum. Hora de voltar para casa. Sinal vermelho – sinal verde. Mas você tinha dito que não tinha nenhuma importância. Tchum tchum. O sangue vibra. Pobre diabo. Pode tapar os ouvidos. Cães de porcelana. A última das guerras. Geoffrey largado, os olhos semicerrados. O céu escurece. A pequena massa amarelada balança. Os cotocos de madeira no cascalho. Uma criança acaba de levar um tombo. Ela olha com espanto as pedrinhas incrustadas no joelho. Ela não chora. No chão: uma pastilha de plástico vermelha. Deve ser da caixa de brinquedos. Amanhã eles pegam. Sempre dá para ganhar alguma coisa.

O Buda verde foi colocado em outro lugar e tiraram o passaporte da gaveta. Mas nada foi roubado. Senhorita Julie. Sempre posso. Um carrinho de mão na cabeça. Boieldieu. A Dama de branco. Veludo. Palpitação. Consistência virtual. Um cabo entre dois edifícios. Borrasca de neve. Felícia tinha organizado uma recepção para a chegada dele.

Mas quando ele chega com as duas garotas, foi um balde de água fria. Sobre pernas de pau. Junquilhos. Enrolado sob as pálpebras. Vento frio. O sangue vibra. Nem uma nem duas. As línguas se desafiam. Metais e madeiras. Retire lentamente o braço.

Com uma hora de estrada o contador ia marcar 33.333. Tudo ia mudar. No quarto sinal. Passado, presente futuro. Como uma estrofe da *Internacional*. O todo mais vertical. Com as cores cruas, aparência radiante, como na Baviera ou na Pomerânia. Como em Uarzazate, ou mais ao sul, na direção de Zagora. Permanece impreciso, desbotado. Os mesmos gestos esboçados. No momento do último 3, uma guinada. Em plena curva. Flashes saltados. Quase uma capotagem. Ele vai parar além do acostamento. Vai caminhando através dos espinheiros e dos galhos mais baixos. O que é que esse imbecil faria se prendesse os pés numa armadilha, numa arapuca, num alçapão. Se tomasse uma corrida de um caçador, um voyeur do campo, um punheteiro profissional, um louco assassino de sábado à noite. Sua mistura laranja gim, temperada ao meu modo. Por que ir embora tão cedo, se tínhamos tantas coisas a dizer.

Fazem seis semanas. Ou melhor, dois meses que ela está debruçada sobre essa cultura de *bacil-*

lus subtilis obtendo resultados desalentadores. Ritmos que os outros estudos, centenas de estudos, nunca detectaram. As membranas citoplasmáticas e os parâmetros clássicos de luminosidade, de agentes químicos, de ritmos circadianos. Mas ali, alguma coisa de mais B x S. Steeve se apoia no volante para tomar notas. Calculadora eletrônica. Um carro para atrás deles. Um cara abre a porta rindo. E aí, pombinhos! Eles vão embora, Jacky os segue pelo retrovisor.

Jardim América. Entendimentos disjuntos, razões dissonantes. A bolinha nos sulcos da roleta. Todas as expectativas. Gelatina homogenética. Ela colocou o penhoar japonês. Fernand Léger. Articulações laminadas. Sempre os caminhões de Pinheiros. Quando são quinze na mesma casa. O portão abaulado para guardar o carro da família. Quando eles lavam a calçada todas as manhãs. Quando ela vai embora à noite com seus cabelos crespos, estupenda flor de carne. Um gesto ao longe. Eles chegaram sem avisar. As crianças estão cavalgando um enorme leão de madeira. Eles se explicam em português. O terceiro irmão e a namorada morreram asfixiados pelo gás, embaixo do chuveiro, fazendo amor. O odor das frases. Um colibri nas flores vermelhas do minúsculo jardim.

Mamita Juanita. Slalom especial. As mãos nos bolsos. Nem uma gota para fora. O boné, o boné do Pai Bugeau. Seus ilustres predecessores. Ele se envolveu naquela história. Afinidades militantes. Enrugada, bronzeada, maquiagem exagerada. Irrupção eruptiva. Sentada à janela. Um passo a mais. Abdominal. Uma outra margem.

Não direi mais nada. Filigrana. Ele fez uma espécie de cineminha com imagens pintadas num rolo de celofane. Não peço tanto! Na fronteira do deserto de Gobi. Mudança de marcha. Fantômas. Ela começou a telefonar para ele por noites inteiras. Tudo se complicou quando foi preciso organizar a viagem, comprar as passagens, pedir os vistos. Gentalha-rocalha. O ciclo dos heróis. A Dama de branco. A arma negra. Todas as noites ela surgia do armário. A marca divina.

Entre. Sente. Já vimos isso. Num passe de mágica. Dobradiça. Tia Augustine. Afinal de contas. Lâmpada alógena. Controle da ereção. Domínio da ejaculação. E se você brochar, aí é que são elas! Quando os olhos, os seios, a cordilheira vertebral, o traço, o abraço, quando ele corre, ofegante, atrás da mobilete para gritar até amanhã, vê se não esquece, no cruzamento da rua Veuve Lacroix com a rua Champ-Philippe. Saltimbanco. Tomem posição.

Ele deu instruções a Jean-Pierre Martin, seu braço direito, para garantir a continuidade do bando, depois que foi expulso da escola da rua Rouen. Que decepção revê-lo, alguns meses depois, e constatar que não houve continuidade. Estátua de sal. A infância de um chefe. Não foi possível reconstituir tudo. O plano furado! Privadas turcas. O saco de bolas de gude. O suporte da mochila. A caderneta de anotações das reuniões. O controle das tarefas. A evidência militante. Partiram numa bicicleta-tandem. Ela dormiu com ele no mesmo edredom, no chão da Maison des Jeunes de Suresnes. Sala das Sociétés Savantes. Um comício com Claude Bourdet sobre o envio das Brigadas para a Iugoslávia. Roger Foirier na primeira fila dos legionários. O ataque às seções do PC. As vitrines quebradas com cadeiras. Ele acompanha uma jovem iugoslava de longos cabelos negros. Ela mora em frente ao quartel. Charasse. A porta dá para uma calçada elevada. Não muito longe do Cyrano.

O que deu nele? A prova dos nove. Quanto a mim. Desisto. Aquele cara despertara seu desejo. Ele estava sentado na porta do colégio. Se você não for, vou eu. Uma agressividade básica. Como eles gostam de dizer. Uma imperiosa propensão ao recalque. Assim seja. O instinto, a pulsão, a fusão narcísica, que mais, a selvageria inerente ao desejo, a merda da maldição do caos. Valide seu bilhete. Um movimento com o punho. Veludo vermelho. Potência do esquecimento. Não há tempo a perder. Mamã meu mamá. Ele terá todo o tempo para pensar nisso.

Eles se aglutinaram atrás da porta de vidro. Kamchatka. Perseguindo seus próprios passos. Mato Grosso. Eles vinham de toda a parte. O relógio sobre o mármore. Para envergonhar os do nível médio, pediram que ele viesse mostrar como uma criança pequena era capaz de ler. Tudo igual. Algumas sequências. Ele poderia se jogar pela janela. O segundo andar da Universidade Católica dá para um pátio que vai dar num edifício mais antigo, estilo colonial. Cílios vibráteis. Vesgo rastaquera. Um fio de aço para cortar a massa de modelar verde. A escola da rua Ficatier. Um horizonte de aço cromado. Bomba de bicicleta. Ternura quimérica. Arcabuz.

É numa casa, um edifício. Há um homem. Vários. Clima fraterno. Mas não são seus irmãos. Geoffrey costumava dizer que podemos expressar tudo pela escrita. Cômodos interligados. Como poderia ser de outra maneira! Adjacência indefinida. No segundo ou no terceiro andar. Uma rua em frente; mas isso não importa. O tempo não existe. Nunca existiu. A escritura nua. Antes do que quer que seja, o que quer que fosse. Talvez um olhar caloroso. Já é avançar demais. Movimento sem que ninguém se mexa. É de fato muito preciso, sempre ali, mas não localizável. Eles têm vinte, vinte dois anos. Raquetes de tênis acima do armário. Talvez diga respeito a vários edifícios. Uma rua ladeada de plátanos. É o subúrbio ou a periferia daquilo que não deve ser chamado de Paris, porque tudo precipitaria como um sal de cobre.

Não se incomode. Colante. Um transatlântico no Sena. Tetas de vaca. Punhado de terra. Jamais mugir. Jamais erigir. Maricone. Azeite. Corrida de saco. Familistério. Como ele teve a ideia de que poderia se tratar de um outro universo, infinitamente pequeno, infra-quark, que buscaria estabelecer um contato. Um mundo de entidades em velocidades infinitas. À noite, o fim dos meios. Ela nem tinha coragem de falar disso com Steeve. Seria preciso condições particulares de abandono. Foi o que pensei. A complexidade mais definida imanente ao caos. Cada observação feita pela senhora Wurmser tinha o dom de irritá-lo. Que ela possa ouvir. Sem interromper. Esta frase tem vinte e oito letras. Obstáculos primaveris. Bucólica Suécia.

A terra. Boneco de neve. Claro que sim, claro que não, casa sideral. Longa carícia das unhas pela espinha dorsal. Só nos sonhos ele consegue compreender o quanto ele é gay. Um saco de bolas de gude; mundos e fundos; depois do apito, no buraco da privada. Com sódio puro para tudo explodir. Fachadas. Grades na janela. Papel quadriculado. Barulho infernal.

Ele está sentado na privada. Cento e vinte quilos. Está lendo o jornal. Deixou a porta aberta para ouvir o rádio. O traidor de Stuttgart. Por que ele está com a cabeça nos joelhos, os braços balançando na direção da caixa de recortes, das bonequinhas e seus vestidos de papel? Ele queria gritar: "não mexa nas minhas coisas, vovô!" Petrificação. Ele gira a cabeça devagar para a luz verde do rádio. Barulho. Um saco de batatas. A avó lhe corta um pedacinho da orelha. Ele chama os vizinhos no meio da noite.

Ele voltou. Novamente, o repreendeu. Da primeira vez tudo oscilou, o quarto começou a girar. Diante do portão. Está na hora de entrar, está sempre na hora. Esperei por você. Ele gritou no meio da noite. Os vizinhos acudiram. Hemorragia cerebral. Se ele tivesse podido falar com ele. Isso e aquilo. Fatos e gestos. Eles vão e vêm. A janela da escada em frente ao Sena. Ela ficou plantada ali, escondida, emboscada, gelificada.

Sem nenhum interesse. O tempo de voltar. Escapou por um triz. O bigodinho fininho. O cheiro da maresia. Em fila de dois. Giz e sílex. Lápis de ardósia. Não há motivo para parar. Ela não vai voltar. Quando ele se olhou no espelho. Ele não estava habituado, nem um pouco, de modo nenhum, enquanto ela estava, estava presa, a imagem, a cola, inchaço. É o avião. A bela americana. Dança, sol, tampão, o chão, madeiras desbotadas, o porto de Cassis. Era de se esperar. Ao pé do sofá. Freud era sonâmbulo? Pelo buraco da agulha. Obrigado, senhoras e senhores. Devolver ao remetente.

Siga meu olhar. Nem uma palavra, nem um gesto. Explicação. Hipótese. Anamnese. Abdução. Uma pista atrás da outra. Lógica do impreciso. Apoiado no volante, ele toma notas na beirada de um jornal, enquanto ela continua lhe mostrando sequências dos registros das pulsações citoplasmáticas assinalados em vermelho. No pátio, as crianças constroem um tanque de guerra eletrônico a partir de um velho carrinho de mão. Radar, defesa pingue-pongue laser. Eles descascam vagens e jogam numa bacia com água. Duas mãos sobre os olhos de Bernardette. A cabeleira na mão para poder beijá-la no pescoço. O olhar de Steeve. Vá entender! Um negro matemático. As mensagens cifradas de um outro mundo. Allan vai recuando, com o indicador nos lábios.

Linha de errância, reles, a queda do R. Como um raio laser. Nos momentos em que ele superava o abraço da morte. Uma arma para fulminar todos aqueles pobres imbecis que não duvidam de nada e fingem outra coisa.

Quando ela veio falar comigo. A arca da aliança. O Hotel Iroquois. O Douglas Hospital. Ele estava ainda mais irritado com o próximo lance porque ele sabia pertinentemente que ela usaria o pretexto da vitória do adversário para se entregar a ele. Esponja metálica. Entraram na memória para logo sair. Confusão das linhas do tempo. Uma questão de retenção, uma questão de tensão. Mas o homem que veio te encontrar era o mesmo que me fazia estranhos salamaleques para me levar colher grama para coelhos, ervas daninhas, plantago e dente-de-leão?

Em outras épocas ele desejava, sem confessar para si mesmo, a morte daqueles que o cercavam, para que acontecesse alguma coisa, finalmente alguma coisa. Agora que não esperava mais nada, estava mais ligado aos seus próximos; valorizava suas qualidades; a ausência deles da paisagem não a teria deixado ainda mais desoladora? Enfim, não queria mais matar ninguém; tinha se tornado conservador.

Alguém bate numa panela para avisar que a sopa está pronta. Sede de argumentos. Eu e eu. Devolver ao remetente. Ela não vai desistir. Mensagens sub-rítmicas. Rua de Asnières. A congolesa. Supermercado. O pátio das lilases. Um dispositivo de ultrassons e de eletrônica. Uma questão de crédito, mas primeiro de credibilidade o que, aliás, não descarta os sentimentos. Ruptura social. Um passo para a frente, dois para trás. Mastodonte. Salto alto. Manter-se ocupado. O trem de Paris acabou descarrilhando em Saint-Pierre-du-Vauvray. Metal e madeira. Ele cede em todos os pontos. Gaiola de nonsense. A estrada de Flandres. Capitão Matamor. Tagarela venenosa.

Estou sufocado! É a asma. Por causa dos gerânios, do seu cheiro de cemitério, do seu toque repulsivo, do modo como se pronuncia. Depois veio a morte de Stalin, de Mao, de Tito. Ficamos sem chão. As reuniões se esvaziaram. O Urbild do belo é uma ideia simples. Gaivotas como um sonho. Uma tela de Vlamink rasgada por um pé de cadeira, na mudança para Levallois-Perret, daquele apartamento onde a estrada de ferro passa na altura das janelas. O cadáver empoleirado sobre o armário. Um operário cai do teto. O granizo na calçada. Paul fotografou-o com um guarda-chuva. Ele tinha um chapéu? Ele deve estar confundindo com uma foto de Kafka. Deve ter perdido alguma coisa. Vou vê-lo. Como nenhum outro. Os longos violinos. Olha só! Todas as noites ele voltejava de uma árvore para a outra. Jamais teria acreditado. *Sentimental journey*. Seu projeto é surpreendente. Ela emite solicitações luminosas num teclado, enquanto vigia as eventuais respostas numa tela, ou seja, as possíveis modificações rítmicas. Mesmo princípio com ultrassons. Mas sem maiores resultados. Quando ela o conheceu, seus pais tinham um bistrô na rua de Bretagne. Ela estava na idade de casar e era de bom tom escolher um militar voltando do front. E ele tinha sido ferido em Ypres, e depois trepanado. No entanto.

Fio, furioso, fantasia. A remo. Fogo, bombeiros. Passeei, pechinchei. Eu... sobre... pipi nas estrelas. Ao nível das margaridas. Guaritas rituais. Dancei. Fiz pipi ali, muito alto. As bailarinas, tão quente quanto dizem, obsessão fatual. Balanchine. Errei, serrei, assoei, destampei, tropecei. Depois a chuva, a mão no saco. Acertei em cheio nos mil e centos. A cerveja e as cinzas. Rápido, lágrimas, pelos vícios desconhecidos, pelos filhos perversos, lá no serviço. La, sol, proprietária intermediária.

Guichê do Correio. Abajur esmaltado escamado. Cabeça cansada. A velha refaz as contas. Um olhar para a porta penumbra. Campainha tiritante. Ela desliga rapidamente os fios. O indicador fica fora de cena. Entrada da criança. Quem senão o esposo de sempre? Ela deveria ter ido ao encontro dele. Faz muito tempo. Rendas murchas. A luz pisca. Mau contato. Pânico. A criança consegue recolocar a tomada a tempo.

Arame farpado. Em carne viva. Em cheio. Nenhuma escapatória. Ela tira o sutiã. Mas apesar disso. Dripping palavra por palavra. Na parada do ônibus. Na volta de uma visita-conferência para os lados de Senlis. O homem da capa de chuva. A continuação. Um adulto sem condescendência. A Dormição da Virgem. Com seu novo estilo. No táxi com Yagoi. Uma janela iluminada, retangular, no alto de um prédio industrial. Uma vez por todas. Ela empurra o novelo de lã. Em frente à estação de trem de Saint-Pierre, um salão de café, familiar, familionário. Ruptura social. Incerteza *in partibus*. Uma nuvem de poeira, um voo de pombo lhe servirá um dia para compor um jogo de correspondências. Mas por hora, a loucura não ultrapassou o limite da emissão de mensagens por ondas hertzianas dirigidas à cultura bacteriana ou ao que quer que esteja por trás.

Ofegando, arfando. Sem exagero. Lágrimas secas. De cabeça para baixo. Ela fará o primeiro gesto. As cabeças rodopiando no tango. Quando estamos nas tuas mãos. Vou pegar um qualquer. O gesto lento. A intriga. De certa forma. Interstício. No entalhe. Bolinha de migalha de pão. Um desvio sem começo automático, sem benefício secundário. Dar o troco. No caramanchão. Que ele está sempre aos pés delas. Que elas fazem o que querem. Aquela que será sua cunhada toma sua defesa. Mas com uma insistência intrigante.

Não havia tanto assim! Uma coisa depois da outra. Não digo. Mas certamente não dava para fazer montes. Como se diz que havia antigamente. Algumas giravam. Outras fixas. Outras vigiavam com obstinação. Algumas diretamente. Outras, olho no olho. Outras ainda que não paravam de reclamar: é ali, estamos dizendo que é ali. No início, uma certa confusão. Depois, é normal, com o tempo, muitas se fixaram, endureceram, enferrujaram, os ângulos amassados uns sobre os outros. Depois, tudo voltou ao normal.

As coisas como são. Mesmo que. Muito peremptório. Abraço exangue. Inquietude tropical. Em Icoraci, perto de Belém. Sesta. Mosquiteiro. Ele a puxa para si e faz amor com ela. Só depois de algumas horas se dá conta do quiproquó. Gesticulações astrais. Enfim suspensas. Sem reclamar. Sempre incrédulo! Opa! Estão de volta. Viram e voltam. Ao mínimo arrepio da estepe inepta. As coisas como são. Nem mais nem menos. Mas não é pouca coisa. Só merda. Outras simetrias entre os tempos passados e as curvas perversas.

A Proteção da Infância. Painéis administrativos. Georges Braque. Escoamento laminar. No desvio de uma frase, de uma expressão. A planície de Nanterre. O Monte das Oliveiras. Cata-vento. Manitoba. Cilindros do motor. A corça. Punhado de terra. Pior do que ficar nu. Cormoran. Mais ligeiro do que o vento. Será que ele ficou em Rouen? Ele se agarra à reentrância de uma rocha. Em Bernay, os fundos da loja entupidos de lâmpadas, de abajures, de flores mortuárias, de estátuas de gesso, de globos mágicos. Tia Madeleine. Na esperança de achar seu próprio nome, ele não parava de olhar compulsivamente o caderno de endereços. A fita dos ritmos. Centopeia. Fragrância. Ave-do-paraíso. Ela não foi tola. De bunda na água. Mirliton. Ressaca. Cara ou coroa. Santa Dominguez. Circunvolução. Tribunal. Ruiz Blas. Encheram a camionete com o material roubado. Karl, atrás do carregamento, grudado como uma aranha.

Chega de *locus*. Banca, os vai-e-vem de lá para lá. Como eles gostam de dizer. A altitude da alma, à condição imediata que daqui e dali, se eu tiver coragem, o tempo de um ufa, sem que alguns maldosos fiquem por aí repetindo qualquer tolice. Disse e visse. O autocontrole dos sonhos. Para quê? Se eu não me desgrudar de você. Na vertente das carnes vivas. Sua estatura numa infantil cantiga virulenta. O hálito, o salto mortal, a mistura do céu. Diga uma letra, uma palavra, uma frase... Ele bate na porta. Agita os vizinhos. As tiras do tempo se desataram. Questão ritmo. Questão fôlego. Coisas assim. Depois ele me fez sentar ao seu lado e me explicou que íamos montar um negócio.

Da capo. Certas notícias. Degraus de mármore. Cortina carmesim. Eles voltaram. Nunca. Por que? Golliwog's cake-walk. Bâton-Rouge. Os sulcos dos tanques profundamente incrustados nos caminhos de Herculano. Gradiva. Por cissiparidade. Uma coisa, a outra. No momento exato. Um encontro. Você me dirá tanta coisa! Um encontro rico de flora e de fauna. Não fique aí. Ela voltou a beber. Ela pensava voltar para a França. Clitóris. A valsa das rosas. A Marcha Turca. Em fila, distante um do outro. Estrabismo divergente. A mobilização geral. Ele pegou a mania de medir tudo com a fita métrica de aço que tirava da mão como uma faca retrátil. A altura da janela. O comprimento da lapela. O afastamento da árvore da beira da calçada. A abertura máxima dos dedos de Pauline, que cedia docilmente às suas incessantes exigências.

Um atrás do outro. A esperança fendida. A porta do cofre. A disposição das placas do piso. Dança de abelha. O deus Mimosa. Acúmulo dos interesses. Ela não pôde dizer antes. Barcarola. Seis-oito. Colcheia dupla. Melchior. A janela da escada dá para o Sena. E o depois, sempre o depois. Zapping infernal ou escaneamento, estamos combinados, para o Eterno. Fecha os olhos. Ótimo! Era na casa do genro de Saint-Yves, emérito açougueiro em Muide. No enterro de Victor, ele veio passar alguns dias. Em princípio deveria voltar para Saint-Pierre e ficar sozinho com a avó. Ele está sentado nos degraus, olhando o rio, como na ilustração que representa o pequeno Jean-Christophe, numa edição escolar resumida do livro de Romain Rolland.

Afago de cachorro, de perto, de muito perto. Pele lisa feminina. Indecidibilidade. Guarda-chuva e chapéu melão. O eterno marido. A mulher de areia. Numa bandeja, por favor, seus comprimidos rosas, amarelos e brancos, num copinho. Comigo é a mesma coisa, sempre a mesma coisa. Tantas vezes vai o cântaro à fonte. O brilho. Viajando por aí, navegando pelo tempo que resta. Ou que não serve para nada. Ou que não acreditam mais. Ou que era preferível a luz da aurora. Somos os tecelões. Capricórnio. Amêndoas doces. Semeadura. Germe. A espera, a testa colada na beira da pia.

Fora o medo de que digamos. Nada, nem ninguém. Para fugir do esquecimento. Fora os olhos serra. Pilastras afastadas, melodias ultrajadas. Fora a estampilha nubente, as submissões gêmeas, para transgredir o brilho. Arp. Narvik. Mau presságio. Tambores devoradores dos tempos capitais. Num teleférico. Num estojo-Manitou. Entre para o grupo. Filo vítrea. Vírus helicoidal. Universo a remo. As dunas circulares, giram, giram. Esse troço anda muito rápido.

Eles partiram da hipótese de mensagens elementares. Entrada. Saída. Agregação. Correspondência biunívoca. Atualmente é preciso imaginar uma memória de milhares de bilhões de octets, isto é, um interlocutor que reúna o equivalente a milhões de IBM 770, e eles precisam raciocinar para além de uma complexidade sem espessura. Núcleos de autopoiese. Você está completamente estressado. Recomeçar do zero. Uma nova grade de codificação. A cultura bacteriana foi só um descanso. O assassinato de um bookmaker chinês. Semáforo. As vozes se acendem como vaga-lumes.

Os imbecis disseram que a força do sopro, do ritmo, os esculpiriam em baixo-relevo. Cenotáfio incorporado. Vacúolo confete. A queda do R, a do operário do teto e a da pastilha no cascalho. Quarenta milhões de franceses. Rua Greneta. O vinho de Grenelle. As ruelas de *Jin Ping Mei cichua*. Flor no vaso dourado. Ele o aconselhou a mudar de bairro. A decepção de nunca mais encontrá-la. Uma escada de pedra em São Nicolau. Ela se penteava olhando para nós. Não perde seu contorno. Botei minha mão no fogo que eles seriam muitos. Nunca, está me ouvindo, nunca sem a ordem suprema. Nunca o número. Só o algarismo. Tangente de uma ponta a outra. Só para lembrar.

As vielas, os violinos longos, os violentos lentos, os suspiros giros, o sangue azul de Saint-Leu-la-Forêt, as faces festivas de Saint-Pierre-du-Vauvray, cérebro ovário de São Nazário, porões-rolantes de Auvers-sur-Oise, confusão, medição, La Rapouillère. Caiu do céu, de bicicleta, disse: quem? Disse o quê? Ficou em pedaços, se recolou três quartos. Lobisomem, danças do gnan. Veio de tão longe. Faltou pouco. Com força, esparso, Sião que amo, tuas sinapses, tuas sinapses, rapsódia, prosódia, sarabanda. Outras se precipitam. E eu me pergunto.

Os tentáculos lógicos. Será suficiente. Sem pedir a sobra. Quase um mendigo. Lampreia. Não se trata de vontade. O estágio de um ano na farmácia de Bécon-les-Bruyères, em frente à estação de trem e a deportação em pleno dia do doutor Lion, sem explicação causal, apenas uma montagem, uma construção *a posteriori*. Começo da caminhada. Demonstração de que era possível. Metais e percussão. Os galhos baixos, as lentes embaçadas dos óculos. Que lhes chupem o pau, que os masturbem na bunda. Mãos mutiladas atadas nas costas, olhos vendados, diante das linhas inimigas. Pois estamos dizendo que eles só esperam por isso.

Sintomas evidentes, pobrezinho do Papai Noel, tia Augustine e as constelações sagazes, é o que estamos dizendo, Zhou En Lai, *O sonho do pavilhão vermelho*. Flores chinesas de papel jogadas na água. Não. Todas as sextas às 18 horas. Saint-Lazare, rua de Rome, O Pássaro branco. Estudante premiado. Eu roubo, você arromba, ele valsa, nós vamos atrás, vocês organizam a caça ao homem, eles fazem complô. Que sei eu? O que vão dizer? Tudo no lugar. Crac. Nem uma dobra. Eu disse *moderato*.

Aquele cara de Milão. Era um bando de gente jantando numa sala de teto baixo. Colunas de ferro fundido. Eles beberam e fumaram muito. Ele tentou pegar na mão dela. *Come si dice anello?* Risos como no tempo dos fantoches e dos polichinelos. Ela revida suas tentativas primeiro com beliscões, depois com o garfo. *Aïuto, bella signorina.* Na outra extremidade da mesa, olhares enigmáticos de Karl. Protegido pela toalha ele se insinua contra sua coxa. Ela decide tomar a inciativa. O outro paralisado, aterrorizado com a mão que vai e vem para esfregá-lo primeiro com saliva, depois com vinho branco. *Valpolicella, si signore. Alla vostra salute et al vostro piacere.* Ela chegou até mesmo a ameaçá-lo com outros ingredientes: *olio? aceto? ketchup? No gracie tante! mustarda? No, se dice senape.* As longas saias ciganas ainda estavam na moda.

Valia a pena a viagem! Um epidiascópio digital que codifica imagem e texto. A bulimia do Universo Infra-Quark. As crianças recortam uma enciclopédia para fazer desfilar as páginas nele. Por acaso ele se interessa por gibis? Pelo barulho das portas que se fecham? Abri sem querer. E li por fraqueza. Robert descarrega a camionete em companhia de Joan. São sempre os mesmos que fazem o trabalho sujo! Uma gota em suspensão. Tensão superficial. Eu deveria ter desconfiado. Uma gota de sangue na ponta da agulha. Sangue na neve. A cestinha na ponta da corda. Uma criança na sala de espera. Remanência de ser. As abóbodas medievais de Accra. Retroação retórica.

Muitas léguas de distância. Alavanca de Arquimedes. Alguns trocados. Sem ideia preconcebida. A marca divina. O paradoxo de Tertuliano. Take care. Progressivamente. Uma questão de fôlego. Ejaculação precoce. Quando ele trouxe sua máquina a vapor para a aula, sentiu-se exposto, ameaçado, frágil, desamparado. Foi aí que teve a ideia de reunir um bando de amigos que o protegeriam. Vamos montar um negócio. Depois a coisa ganhou importância própria. Investimento de grupo a fundo perdido. O pensamento malicioso. Longe dos equilíbrios dominantes. Falseabilidade rigorosa. Fobia da cesura. Justamente agora. Esperei por ela. Muito mais do que uma proveta. O ácido. A energia. Mais do que uma carícia. Ainda outra coisa do que uma organização cognitiva. Você pode lhe emprestar o teatro do Odéon. Na sua bagagem. As sessões de Saumery até três horas da manhã. Em matéria de comunicação e de montagem conceitual seu virtuosismo tornara-se impecável, mas quando se tratava de captar um sentimento, por mais elementar que fosse, a espessura de uma percepção, a densidade de uma intenção, ele começava a duvidar de tudo. E Bernadette era obrigada a fazê-lo repassar umas dez ou quinze vezes a mesma sequência, a recitar indefinidamente as mesmas explicações.

Métrica naftosa. Sintaxe borborigmo. Ninfeias em quarentena. Assim seja Timisoara no fosso da orquestra. Caranguejos. Aquário. Grandes compostelas trazidas pelas marés às praias abaciais. É o que dizem. Mais de duas pessoas. A expropriação do olhar. Quando desperta em você. Detetive Roulletabile. Um procedimento do tipo roda de orações. Cristais de evidência. Receita de assar salsicha. Não voltarei esta noite. Para erguer os poliedros da enunciação. Buda, banda, bandido. O que disse Oquidisse? Ele joga pedras nas potências da noite. Um grão de groselha no jardim de Hades. Um ovo ou dois. Do tempo em que as gaivotas gaivotavam. Lindo, lindo. Bing. Pequeno erro de linguagem.

Zig e Zag vão viajar. Influência. O medo de faltar. Cabeça fresca. O lustre de vidro moldado em taça do hotel Metrópole. Faltava tão pouco. Frase aumentada na tela. Macieira. Nome vulgar de certas plantas. Macieira de Cítara, spondias. Macieira de amor, morelle, a falsa pimenta. A hipótese maquínica redobrada de uma gênese enunciativa.

Mas o Universo infra-particular com o qual eles se comunicavam era ao mesmo tempo infinitamente rico de signo e desesperadamente vazio de sensibilidade, embora desejoso de adquirir uma. Karl arranca o papel de rosáceas alaranjadas da parede. O torno das paredes. O torno dos rostos. O torno dos sentidos. O torno do ser. Quanto tempo isso vai durar.

Com quem você quer que a gente fale sobre isso? Couve-nabo. Be bop. Natanael. A valsa de Ravel. Ao voltar pela rua Aigle, de não se sabe qual janela, uma frase melódica de Litz ou de Rachmaninov. Silhuetas banhadas a ouro. O ávido encontro do pequeno bando. Objetos inanimados. Tudo no lugar. Nem uma dobra. Nem um gesto. A marca divina. Você o pegou. Travessia fulgurante. Eles ficam aturdidos na beira do caminho.

Na calçada coberta de neve diante do portão do 92. Em baixo do prédio da avenida Lowendal. Na ruela lamacenta do Cinq-Mars. Limo nos confins do Império. Mão que se estende. Estamos te esperando na esquina. Os balões se prendem nas árvores do pátio da rua Gaultier. Hora da merenda. Latências doce-amargas. Ele religou os fios. Certamente Steeve tinha notado alguma coisa que escapava a Bernadette. As leis da hospitalidade. Ela acabou ficando presa no dispositivo. Ele sempre esteve ali. Ele telefonava de Trento, Torino, Modena, Livorno, Bolzano, Údine, Piacenza, Bari, Messina. E aquela sacola de couro preto com fivela de cobre de que Geoffrey gostava tanto, mas que tinha lhe dado num dos seus imprevisíveis momentos de generosidade, ficou jogada no fundo de um armário qualquer, empoeirada e amassada.

Um gemido monocórdio. Um rosto desfocado oscila na tela em volta de dois olhos fixos, cegos, impávidos. Se for um tema científico, ele se torna austero, professoral. Se for uma matéria sentimental, ele se desestabiliza, se torna infantil, adolescente, feminino. Ora a palavra e o rosto se fixam, ora se aceleram até não serem mais do que um zumbido estridente e uma pulsação granulosa. Sempre intermitente.

Senhora tarantela, camelos Memphis, Gioconda la Garenne, zen da região de Auges, pôquer cardinal, Soutine ordenação. Clube Boom Boom bom e bonito. Fileiras disparadas. Guermantes resting place. Saloon. Nachträglich. Câmara de eco. E no banheiro, rabeada semiótica, mesmo que isso comece a falar sozinho e que nunca mais possamos pará-los.

Guindaste. Mastodonte. Etrúria. Palavras gruyère. Ele me viu nua. Autômato incorporal. A prova dos nove. Na morte da mãe. Um rosto na floresta. A mão mole e inútil. A tela maléfica. Pedra de moinho. Factótum. O que você vai fazer depois?

Três degraus abaixo do nível da calçada. Um ovo de Páscoa. Um dedal de costura. Também havia cortinas na sala de bilhar de Maigremont. Uma palavra porcelana. Tampa de esgoto. As equações na teleimpressora. Ele explica gentilmente que esse tipo de problema é muito elementar para ele. Balbucios em cascata. Confidências na contracorrente. Torrentes de reprovações. Rios de confissões. Lagunas de arrependimentos. Léu como véu. E lá, a lilás em caracol. Vale o que vale, velocidade, vogal Hulot. Visões valentes, recto verso, *voce submissa*. Eles poderiam ir dois a dois.

Argola vibrátil. Suporte. Saia cigana. Será que ela vai voltar? É preciso confessar que seu investimento no bando rapidamente serviu para disfarçar seus primeiros balbucios poéticos. Na saída de uma coletiva de imprensa, em Bolonha, dois caras lhe disseram que estavam decepcionados: sua alocução estritamente política nada lhes trouxera no plano filosófico. Ele sentiu isso como uma injustiça, uma confusão dos planos, mas aguentou firme. Cortina vermelha e rabanete negro. A arma negra. A dama de negro e o espelho. Rapapés. Moinho de vento. Quero dizer. Desiderata.

Ela havia queimado todas as suas cartas. Coquetel cabalístico. Percepções amodais. Translação sensível. Estepe inepta. Java azul.

Nervosismo. O telefone toca a toda hora. Circuitos parasitados. O pistão de papai, do forno, do moinho. As janelas foram muradas. Gostaria de ter visto você. Um vírus microscópico. Por todo o quarto, cromos representando cenas do campo na idade média. Linhagens desveladas, divertidas de antigamente. Que me importam as marcas das máquinas. Crime contra a humanidade ou simples acidente de percurso.

O grupo "Spartakus". Ele aceitou dirigir a formação do coral. Ele voltou, uma única vez, à casa da senhora Cordin, sua antiga professora de piano, com a intenção de retomar as aulas de solfejo. Ele teria gostado de interpretar um papel.

Mas quando lhe propuseram participar de uma leitura, ficou intimidado e recusou. Nescafé no fogão do camping. A garrafa azul. A imanência do R. Irene em Aix-les-Bains. As ruas ladeadas de cercas-vivas. Sentado num parque, ele escuta René Trouard que ensaia para o recital no interior do cassino. O exterior da música. A exterioridade absoluta. Em Varsóvia, contemplando os pombos. Contexto de ciúme em relação a Catherine. Xeque-mate. Um advogado. Um maníaco por cavalos.

Quando começou a trabalhar com Geoffrey, ele não tinha ideia de que ia ter que recomeçar tudo outra vez. Deitado sem se mexer. Insuficiência renal. La Preste. Já que são mortais que morrem de uma vez. Seria uma boa coisa! O cansaço vence a culpa. Os ensaios com Mimi Tucat, no faubourg Saint-Antoine, que acabavam sempre da mesma maneira. Geoffrey não via essa relação com bons olhos.

Planície, minha planície. Meu legionário. Os barqueiros do Volga. A teoria dos dançarinos do deserto se afasta na direção das dunas. Teu moedor gira muito rápido. E mais, e mais. Sob a batida da meia-noite, sob o império da paixão. Essa ideia louca de que ela poderia fazer um gesto, o indício de um pequeno interesse por ele. A caça aos vaga-lumes. Quando ele lhe abre as pernas, esguicha nela seu esperma. Um terraço proeminente, as pernas afastadas entre duas ruelas de Palermo. Ciúmes por causa de um cara que os tinha feito atravessar a Sicília, que conhecia chefões da Máfia, que fazia as curvas da montanha em derrapagens mais ou menos controladas. O olhar incrédulo de Geoffrey.

Nu. Impossível recuar. Janela aberta. Apartamento de subúrbio. Um cachorro na noite. O fim dos meios. Silenciosas insinuações. Remanência de duas faces. Claridade do estacionamento. Amanhã. Mato Grosso. Minuto. Ku. Hora da merenda. Aqui, a sombra. Alguma coisa entre eles. Parturiente no cruzamento. Meu relógio ficou lá em cima, sobre a lareira. O metal sobre o mármore. Dizem que isso os danifica. Máquina sem órgão. Mortalha? Um só sentido. Pontos de descanso.

Laser de cobalto-flúor magnésio ou de titânio-safira. A Sonata para flauta e piano de Poulenc. Paredes claras. Fraternidade sem irmão. Raquete no alto do armário. Nem alto nem baixo. Para além do princípio de sustentação. Um homem abre a porta, um homem sem idade, sem infância, sem descendência. Mehr Licht. Corredor. Berço. A fuga. Uma bancada de marcenaria. Plaina. As vibrações da máquina de lavar. Cursor no zero. Bandagem. Vagabundagem. As ondulações das margens do Sena. Expedições de bicicleta para tirar fotos. Retorno pelo hipódromo. Saint-Yves, a criação de cavalos. Os odores da rua do Mâtré. As vidraças coloridas da porta da escada. Os ruídos do mercado. Esperando que alguém venha acordá-lo. Tudo rápido. Tudo de uma vez.

Opacidade ontológica. A ilha das vacas. Balsa à deriva. Um quadro do Louvre. Recomeçar de cima. Antes da codificação das alteridades. O meu, o teu, o dele. Cabelos em pé na cabeça. Eraserhead.

O obelisco. A última das guerras. O restaurante sem tíquete da rua da árvore seca. Nas volutas da narrativa. Mostrando a língua, beliscando o nariz, mijando fora do vaso. Na hora da partida para o êxodo, tio Charles atrasa as camionetes já ligadas, para ir buscar seu fuzil.

Arranhar-enxertar. Imprevistos, *Residual uprising*. Nada menos desmotivado. Verdade azul. Fraternidade branca. Imperativo vermelho. Sissi resedá. Karl, de pé, diante de uma janela. Uma mesa, uma cadeira. Ele senta, tira os sapatos. Lava-pés numa bacia esmaltada. Um pouco de água sanitária. O sangue azul de outra época. Bernadette contra a luz, a capa plastificada negra forrada de lã negra. Não há exemplos. Nunca há. Um dia, vou te deixar, um dia vou me embora e você vai lamentar, você que zomba de mim. O velho Shi-Ba-Tche projeta um punhado de manchas negras, depois, com o pincel suspenso, ele observa o lento desdobramento das auréolas aquosas que fazem o traçado de uma gralha empoleirada sobre um galho imemorial. Quanto mais falo, fraco como sou, mais procuro prolongar o perigo de que fujo. Alguma coisa entre eles. Três lindas senhoritas cujo nome foge rapidamente. Uma ruela da época romana. Ele lhe dera uma nota de cem francos.

O estalar do armário. A forma vazia do barulho. Prec... Crac... Arbeit... Delfzijl. Uma vigilância de todos os instantes. O reflexo fugidio de um retrovisor. Isso pode vir de um tilintar semântico, de uma frase arrevesada, de um delicado arrepio, de um balanço perverso, de um cachorro cego, sempre na beirada da janela, de uma vagem sobre um algodão, dentro de um pires, de um avesso estampado, de uma cascata de o-que-é-que-vão-dizer. Ver o que está chegando. A marca divina. Um monte de balinhas verdes escorregando numa barraca dos Grandes Bulevares. O Théâtre de la Renaissance. Reflexos de malva nacarada nas vidraças de Geoffrey. A grande escada dos bombeiros. Os projetores percorrendo as fachadas. Ele perdeu o equilíbrio. Agarrou-se ao cabo com uma das mãos. Fala mais alto, não estamos ouvindo quase nada. Acima da cama, ele havia pregado um mapa-múndi, um planisfério. As ilhas Kerguelen. A ilhota de Clipperton. Possessões francesas. E lá longe, a seus pés: Vladivostok.

Considere-se avisado. Claro que sim, claro que não. Umas mil e tantas. Algumas caem direto na chaminé, as outras se desviam no último instante. Quando cair a noite, todas estarão lá dentro. Aqui, é o contrário, é preciso tamborilar, digitalizar como louco para selecionar traços residuais.

O húmus das velhas redundâncias. Suas vozes trêmulas. Sopa de moscas. *Diabolus in musica*. Sísifo manco e bisbilhoteiro. As xícaras de café sobre o tapete. As pontas de cigarro amassadas nos pires. Os livros de arte abertos, empilhados uns sobre os outros. Karl se curva para beijar Bernadette no instante em que ela se vira para desligar a vitrola. Seus lábios roçam a orelha dela. Uma almofada escorrega sobre a base do toca-discos. O braço balança acima do disco. Ela colocou o pulôver sobre o abajur. Aquele que eles compraram em Londres. De mohair. Parecia que estavam num aquário. Cuidado ele está começando a ficar vermelho.

Nem uma nem duas. Um rigor a toda prova. Nem mais nem menos do que uma outra noite. Fora esse entrave que ele pressentia, mas do qual se desviava com cuidado. O excesso das frases. Uma senhorita. As fachadas desaparecem durante uma corrida louca. Ela poderia subir por alguns instantes. Elas têm certamente muita coisa para dizer uma a outra. Goiva e fio de aço da rua Ficatier. As manchas vermelhas da prancha II do teste de Rorscharch. Choque de cor. Percival vê a seus pés a neve onde ela estava pousada e o sangue ainda visível. E ele se apoia na lança para contemplar o aspecto do sangue misturado com a neve. Essa cor fresca lhe parece a do rosto da amiga. Ele esquece tudo de tanto pensar nisso, pois é assim mesmo que ele via no rosto da amada o vermelho sobre o branco, como as três gotas de sangue sobre a neve. Neotenias. As cabeças inconsistentes da intelligentsia nazista. O exército catabólico dos mutantes degenerados. Depois de tudo o que aconteceu. Não mexe em nada. Não pensa mais nisso. O olhar malicioso, mas tenaz, de Madhabi Mukjerjee, em *Mahanagar*, o filme de Satyajit Ray. Fumaças negras pelos quatro cantos da cidade. De nadir em sabir. Aguenta firme; estamos chegando. Nos cupins a delimitação da individualização é menos clara porque evocamos a existência possível de sócio-hormônios, a composição global da sociedade influindo diretamente no destino dos indivíduos imaturos.

Karl encostado numa coluna de ferro fundido. As armações metálicas são decoradas de palmas e guirlandas de lâmpadas multicoloridas. Um congresso da IV[a] Internacional ou então da Escola freudiana, com todo um pano de fundo Fauré, Materlink, Debussy. Bigodinhos ralos. Roland Toutain desce do avião. D'Annunzio numa lancha de guerra, na companhia do Duce. A filha de Vlamink foi a noiva do pai? Os Concertos Coluna. As galerias do claustro de Monreale na Sicília. Jean-Hérold Paquis, o traidor de Stuttgart, e o olho verde do rádio de Saint-Pierre. Victor sentado na privada com a porta aberta. Você quer vê-lo pela última vez? Com sua roupa de domingo e seus sapatos pretos. Sobre mesa os potes de geleia cobertos de jornais. O cadáver no alto do armário. Corps. Body. Um astronauta à deriva. O alinhamento das casas verdes e dos hotéis vermelhos do Banco Imobiliário.

É um músico russo. O único que ele conhece. O mais respeitado. *Os quadros de uma exposição*. Ridículo, é tão simples. *Boris Godounov*. Uma confusão: Borodine, Rimski, *O Galo de ouro* no Bolshoi, Tchaikovsky... Talvez do lado de André Messager e de Pierre Audiger. Uma garota que se chamava Mésange... Uma vertente russa, em Kafka, contrabalançando com uma vertente americana. Lembrança da estrada de ferro de Kalda. A via férrea vai entrando pela estepe e para numa estação deserta. Bernadette tinha colocado um disco japonês, versão, em música eletrônica, desse tema dos *Quadros de uma exposição*. O que será que vai acontecer quando ele lembrar do nome? Uma linha de fuga, uma expansão de universo. Como dizer isso no plural? Khrushchov, as Valquírias, Golliwog cake-walk. Um universo em nascimento, o esboço de outros possíveis. Não é a primeira vez que ele entra em choque com essa sarabanda: Recalcado-recalcante, latente-manifesto e com a barafunda da falta, da privação e da castração. Rimski-Korsakov. A síndrome de Korsakoff. Estava bem ali, ao alcance da língua! Com um G, talvez um R. A queda do R. Em duas sílabas. Que sorte não ter um dicionário à mão! Nada para contar, como sempre. A nebulosa de um amor devastador. No momento da separação, ele voltou como se houvesse esquecido alguma coisa. Os outros já estavam lá fora; esperando perto do carro. Mas ela também estava esperando na penumbra, na porta do banheiro. Será que ela o viu voltar? Abraço de alguns segundos. Quero te rever em Paris. Me dá teu endereço. Será que eles se deram conta do que estavam fazendo? Foi a partir daí que se constituiu a ideia de indício de Universo, pássaro-lira que vem bater na janela. Rimski-Korsakov, Borodin, Glinka, Dostoievski, Saltikov e Tolstoi, é claro! E Gorki! Granados. A morte de Boris. Hamlet. Dashiel Hammett. O grande e louco assassino negro que matou a esposa. Mais um que quase faltou à chamada. Mas é mais fácil: Otelo. Novos e absurdos desvios: Costa Gavras, Otelo. A angústia racista da dissolução dos contornos. *Os quadros de uma exposição*: uma transcrição para piano que ele associa a Debussy. A menos que seja a orquestração que deriva da partição para piano e que foi composta por Rimski ou por um outro. Goya, Gaia, Cronos sendo devorado. A chaga do amor morto. Lucie de Lammermor. Tio Charles ao piano. Matisse, Vlaminck. Pierre Franck. Manon. Quando ela abriu a porta, ele foi ostensivamente ao seu encontro. Me telefona. Os olhares. O silêncio. Glinka. A concentração vertiginosa do cosmos no ponto zero do big-bang. Uma anã branca na periferia de um buraco negro. Um amor, de certa forma! Grigorenko. Kataev, George Sand, Mme. Hanska. Chave de Universo, sésamo assignificante, cliname, Célimène, para levar intensidades frias, mortas, ainda não nascidas ao estado de excitação. Mussorgsky. Musse. Mésange. Epilepsia. Um fundo de amargura. O maior de todos. Como suplantar Pierre Audiger, o primo virtuose. A espuma. O marinheiro. Vamos lá, rapazes da marinha. Do maior ao grumete. Groucho. Khrushchov. Golliwog cake-walk. Finnegan's Wake. Manou, Manon. Com um G ou um R. Eu disse Audiger. A espuma. A musse. É ela que vamos comer. Kataev. Eles comeram a rã.

As crianças do Paquistão, escravizadas desde os cinco anos, misturando lama para fabricar tijolos, do nascer ao fim do dia. Michurin. Lysenko. Matrioska. Nas rendas da sedução. Harmônica de vidro. Os olhos revirados. Passos na escada. É claro que você já o encontrou. Móveis de vime. Pôsteres de vidro sobre temas Belle Époque. Roupas espalhadas pelo tapete. Ela se aproxima da cama, estende a mão para o rosto de Lucie, roça seus lábios com a ponta dos dedos. Ao seu lado, um corpo leitoso, meio cabra meio lobo, virado para a parede. É o cara de Milão. Mas elas preferem ir para a cozinha. Rua do Abbé-de-l'Épée. Time to leave. Quando ele reconheceu a letra de Geoffrey. (Mas se recusou a ler. Se ela aceitasse seu assédio, talvez ele fugisse).

Os rigores do inverno. Espiral infinita. Os muros, os muros do nada a dizer, nada a fazer. *Lavandula vera*. Olhos vendados. Salamaleques. Se me permite. A pulsação de uma perda de consistência. A angústia e seu núcleo purulento de culpa. Como uma zona erógena sem limite. Corpo sem órgãos. E se tudo recomeçasse como na chegada dos italianos. O túnel de Fourvière. Jean-Louis banhado em sangue. Aguenta firme, cara, vão vir te buscar. Com ele é diferente, ele plana ou, se você preferir, ele navega por vários planos. O rapto das crianças no Peru e em outros lugares, para arrancar-lhes os olhos e vendê-los, para transplante, em clínicas de luxo da América do Norte. Dois bilhões de habitantes sem água potável. Um bilhão de analfabetos. Quinhentos milhões nas favelas. Quer dizer que com as classes operárias garantidas, isso continua sendo importante, mas não tem mais o mesmo peso. E o Quarto Mundo! O que vocês farão com o Quarto Mundo?

Mênades fragmentárias. Parmênides pela metade. Esmaltados pelos prados. Chamamento pelos campos. Pergaminhos e frumentos. Mar-chi-dardo. Mandolina porcelana. Os edifícios de Shinjuku atravessados de alto a baixo por barras de neon paralelas. Cabeças inclinadas. Pupilas lacônicas. Lacryma-christi. Uma sacada de ferro forjado. A outra desarticulada. Marionetes com suspensórios. Arabescos sépia desbotados. Rastros de auroras truncadas. Estação de triagem dos anos trinta. Descargas de abismos derrisórios. É pouco dizer que eles nos tomam por imbecis! Língua presa. *La plus que lente* de Erik Satie. O olho do furacão. Duvido que você adivinhe, saindo da estação de Perpignan, o brilho da noite, intensa estância, todos querendo tirar vantagens. Depois de um tratamento em La Preste, a carona, um sonho incestuoso, o pai e a mãe no quarto ao lado. Uma solidão reencontrada, totalmente inventada, flamejante, que extrapola e extravasa. O duque de Alençon do partido dos descontentes que protegia os huguenotes. Não é a estação daquele louco pirado. Mas nunca se sabe! Naufragado há milhares de anos-luz. O olho piscando vermelho, verde, amarelo. O hotel, descendo o bulevar. Os vagões coloridos do metrô antes da guerra. Prédio de subúrbio. De costas para a parede. Quatro balas no corpo. Você choose, amigão, você choose como quiser: ou então é o Karl, parado como um manequim na ponte Cardinet, um pisca-pisca opaco como se fosse uma pupila, ou então, na saída da tal estação, é aquele hotel, nada a fazer, nada a dizer, só um arrepio sem volta.

Restava-lhes um único gesto: mão estendida para outra mão. E a partir daí era preciso reconstituir aquilo que poderia ter sido a humanidade. Faltava tão pouco. Axilas húmidas. Buldogue. Mil-folhas. Ele chegou muito antes da hora. Ele repassa pela cabeça o martingale que levou semanas para confeccionar. Uma ascendente sobre um sexteto desdobrado em umas trinta tentativas. Potência de abolição de um ritornelo assignificante. Micro buracos negros. Eles rasgaram o passado. É um complô. Anquilossauros, estegossauros, terópodes, saurópodes, ornitópodes, paquicefalossauros, ceratopsianos. A parede nua lateral do hotel do outro lado da rua Aigle. As nuvens. Ele instalou um telescópio no sótão. Lua granulosa. A escada enferrujada da qual se soltou um degrau. Projetor à manivela. Filmes mudos. Película azulada. No jardim de uma vizinha da frente, a senhora Malterre, leitura de verão sob um plátano. O marido morreu de apoplexia. Ele percebeu o aviso pela janela, de manhã cedo, quando ainda estava na cama. Travessia da rua, da janela, do espelho.

Estica a linha. Faíscas. Ravinas. Os olhos fechados no átrio. A mão agarrada ao corrimão da escada. Nickel Vivaldi. O caminhão do leiteiro. Sentado sobre a mochila. Andar por muito tempo antes de alcançar as descidas abruptas. Um cara num andaime no pátio de Sartoris pintando um imenso afresco dos cinco continentes ornamentado de temas folclóricos. Andar por muito tempo para sentir finalmente a densidade do mundo exterior. Uma folha de louro em pedacinhos. Sentado num banco em Nova York, Céline contempla a entrada dos banheiros públicos que ele pensou ser uma boca de metrô. Mas a questão não é essa. Por que esse deslocamento do ponto de vista? De mais alto, do seu quarto de hotel. Ruptura de nível. A ponte de São Paulo. Um cachorro na janela. O mercado de selos no jardim dos Champs-Élysées. Atrás do Narrador e de Gilberte. Cabelos ruivos, rosto pintado de sardas. Marcel e Marie Benadaky. Uma brecha na parede da cozinha de A.D., em Bolonha. Eles vão quebrar a divisória. Nas fachadas do que restou da demolição, os vestígios dos apartamentos destruídos. Intimidade defunta. Mais nada do magma que me vigia. Chegada em Manhattan pelo Queens. Long Island Expwy. Van Wyck Expwy. O que quer dizer isso: EXPWY. Ele voltou para pegar suas coisas. Nenhum presságio. Será que ele pensou que eu ia desistir no último instante? O armarinho da rua Eugène-Caron. Ela deve ter falado com ele diretamente. Ele suplicou que fizessem amor uma última vez. Náuseas. Ele dormiria no chão num canto qualquer. Nem que fosse na cozinha. Quando Bruno entrou assim sem bater. Dormir vestido numa poltrona. O corpo dela era apenas um porta-coisas de pedaços consumíveis, seios, coxas, sexo. Mas seus cabelos, sua nuca, seus cílios, seus dedos dos pés, enfim, sua alma! Quando ele tinha uma ereção, seu pau agora evoca para ela apenas uma espécie de utensílio inadequado, o cabo de um porta-filtro de café expresso. Ela apertava as coxas e os dentes. Sentia garras crescendo. Ainda bem que não se tornou frígida. O que ela pôde verificar com Bruno.

Em direção às colinas de Portejoie, de bicicleta com Paul. Estrofe maçã. Dupla Rijeka. Rapto. Hokusai begônia. Depois de todos aqueles anos sempre grudados. A experiência da separação mergulhou Karl num estupor que o jogou no real, sem poder recuar, sem retomada possível. Exceto uma herança mítica. Jamais a religião. Jamais a transcendência. Imanência fendida, noviça. Sempre vai servir para alguma coisa. Domínio de si e do Universo; poderosa potência mágica forjada como compensação da morte de Victor. Serviu para consolidar, a duras penas, seu amor por Bernadette. Qualquer que seja a distância. Mas o outro, o terceiro, em eco, intrusivo, lancinante. Geoffrey sempre e por toda a parte. Cursor caosmico. Acredito em você. As crianças colocaram terminais de informática pelos quatro cantos da casa, a partir dos quais eles se comunicam com aquele que batizaram de Zoé. Um dos jogos consiste numa partida de esconde-esconde com faíscas luminosas que eles podem apagar quando os capturam isoladamente, mas que os perseguem de volta, quando se juntam segundo certas configurações. É uma espécie de partida de Go em três dimensões. Num outro jogo, eles têm que dar pancadinhas de uma certa maneira, segundo um certo ritmo, nos objetos que os cercam até que eles emitam uma aura colorida que provoca neles crises de riso, mas que têm o dom de irritar e até mesmo de assustar os adultos que não sossegam até conseguir que eles se afastem de seus próprios receptores, de modo a escapar do seu campo de ação.

Vocês me reconhecem? Saint-Jacques embaixo de chuva. Com Alícia na Galícia. O exército das Índias. Gunga Din. No caramanchão. A sala de jantar da rua do Coq. Dois degraus para descer. Alguma coisa entre eles. Seria preciso meios, muitos meios. Genuflexão. Armada lúbrica. Bambalalão, senhor capitão. Fra Diavolo. E no dia da morte da mãe, será que ele ousaria tocar piano? Ele estava tentado a lhe pedir permissão. A corrida dos galgos em Courbevoie. Visto que ele. Na volta. Não estou me explicando direito. O Apelo de Estocolmo. A paz por um fio. Ravadja a vadia. Ele foi embora para nada. Lápis de ardósia. Sua única segurança, uma linha vazia, um monte de bobagens, sempre alguma coisa, giro de manivela. Não, a única não, a que surgirá também, pérola negra, fascículo rosa, Ramallah ao crepúsculo, um pouco de modos. Levanta a cabeça. Estufa o peito. Ele não telefonou mais depois disso. Diante da janela. Lava-pés. Água sanitária. E, a dois passos, entidade presença indissolúvel, ilocalizável. Diferença das paredes claras da fraternidade sem irmão. Cinza tenaz vivo. Um gato que não seria um gato. A evidência de Alice por toda a parte. E ali também, no segundo ou no terceiro. Certamente, no terceiro, mas acompanhado de uma hesitação de princípio. Diferença ainda daquela, sol escaldante, cabelos contra a luz, mais familiar. Sua matriz genérica diante de um Albergue da Juventude. Sem maquiagem, nem vergonha. Ou então, no jardim de tio Charles. Não, com certeza, diante de toda a extensão do AJ, cinzento, na direção de Chanteloup. Em companhia de uma garota que não tem nada a ver. Um instante de felicidade decretado por um simples estalar de dedos. Basta repensar nisso. Uma vez por todas, antes da queda do R. Atmosfera confinada no interior da qual Geoffrey ficava feliz. Mas o por assim dizer alto mar de Karl não seria sinônimo de depressão sórdida? Ele lhe falara tanto dela. Eles começaram a se escrever sem se conhecerem. Ela mandou para ele, aos pedacinhos, uma foto cortada como um quebra-cabeça. Isso durou meses. Até que ele a encontre em Tel Aviv.

Uma suposição, uma simples suposição. Sancerre, Cosne, Pouilly. Eles moram numa casa de madeira. Chegamos de barco. Eles não nos esperavam mais. Prokofiev sempre o irritou. Quem pensar mal disso. Ela contará suas férias. Retorno em estado de graça. Será que vocês saberiam. O azul de lá. A arena implacável. Olhar atravessado. Kawabata. Com. Sem. Apesar de tudo. Trégua. Argola. Não pedíamos tanto! Se tivessem chegado ao amanhecer. Palpitações intensas. Você falará com ele. Gemelidade perversa. Ramatuelle.

Em algumas ocasiões, ele teve a prova – necessária – de tudo aquilo que perdeu. O mundo mais reduzido se apresenta sempre numa espécie de completude. Tanto para o sem pernas quanto para o acrobata. Ele passou novamente pelo pátio. Ela ficou sentada. Em Pátzcuaro, uma grande praça retangular, ladeada de árvores. A morte saúda vocês. Combates celestes. Isso o teria feito perder a cabeça? Fidelio. Ela sentiu perfeitamente que ele estava com pressa que ela fosse embora. A garota de Rijeka, do acampamento em Veneza, da descida para Roma pegando carona, do raio ao lado da tenda na praia de Ostie, do museu do Vaticano. Ela morava em Avignon, em frente às muralhas, e se chamava Capoulade. De cabeça para baixo. Gincana. Marchetaria. O nariz colado na janela. Me dá. A tempestade fez descer as regras. Abraxas. Código de honra. Sete sem trunfo. Haveria dois campos. Pai, você não vê que eu estou somatizando? Ela veio de uma só vez. Se eu abrisse a janela, se eu reclamasse porque a geladeira estava vazia, se eu quisesse colocar um disco, eu seria a rainha das chatas, a idiota sem noção. Tudo começou com a sua carta. Mas ela era bem inocente! Um labirinto de paredes imperceptíveis.

Como algumas palavras podem ter lhe entusiasmado tanto? Uma luz opaca colocada sobre um painel de vidro à altura do teto. À esquerda, no corredor, um depósito longo e estreito. Caixas de livros. As memórias de um velho cavalo. Palavras inglesas como grandes bolas de gude translúcidas num saco de bolinhas comuns. E a Inglaterra, ilha verde à deriva, o que ela quer conosco?

Langor multimilionário. Rabugento. Saltos altos. Bata nas mãos. Véu curto. Passarinhos de peito ruivo. Vamos juntos, camaradas. Finalmente você chegou! O defeito invisível. Eu lhe darei um olhar, uma presença importante, uma razão de ser para ela, para mim, para todos os outros. Cor de madeira dourada. Nem vestígio da submissão. Alguns trocados para o nosso enxoval. Esperava por ela na obscuridade. Enrolou-se nas cortinas do salão.

Adolfo. Raízes roedoras. A mão desliza pelo corrimão. Passo a passo, nem um passo. Parado ali porque era ali. A seu modo, Geoffrey era talvez o virtuose de um outro lugar, embora ele fosse feliz num mundo discretamente afetado. Mas sua presença para o outro, sua aproximação do outro, seus agrados elogiosos e narcísicos, escondiam um desprezo visceral pelo conjunto dos seus congêneres. Karl, na sua catatonia, estava talvez mais próximo de um autêntico devir-outro. A parte incandescente. Palingênese. Licantropia. Praecox Gefülh. Uma zona retrátil, exatamente ali onde tudo poderia se desatar. Tornar-se um vestígio antes de estar-ali. O olhar dourado da mãe majestosa.

Cansado de guerra. Galera ataraxia. Quarta dimensão. Ravina. Céline. Avenida Marceau. Ostras, num café. Um punhado de ostras. Um mendigo se instalou numa cabana na entrada da alameda. As crianças têm medo, menos a pequena Joan que ficou amiga dele. Os jardins franceses. Ribouldingue. Sucessivos ajustes do cursor. Um sinal, apenas um sinal, mas convenientemente ajustado, para que o dispositivo funcione, distribuidor de bilhetes ou afeto não encontrável. Arrumem suas coisas. A maciez depois do sabão. Na cancela da estrada de ferro. O que ele poderia contar? Emoções farândola. Os três tempos lancinantes e delicados de uma valsa viciante. São Jerônimo. O gato de Margara. Raoul. *Privada de la Providencia*. Gás-mostarda. Um canhão de madeira de Natal. Num pavilhão próximo da floresta. O ramo Lebouchard, esnobe, mundano, desprezível. Cinco fatias de presunto. Aos dez anos Pascal já era um gênio. Ao menos que seja numa festa dos combatentes da Croix de Feu, no final da rua Eugène-Caron. Um gordinho, visivelmente mais velho do que os outros, não para de se mexer.

Por que seu corpo, carícia, desdobramento de folhas sedosas? E ele ainda fala comigo! Ignace, Ignace, um nome encantador. Nantucket. Baramins. Um riacho cintila na sua cachola. E daí, e daí! Mas, essa atração. Todo o seu tempo, todos os dentes. Que o castelo desmorone em ruínas, em desuso, em catalepsia.

Que ela se afaste na ponta dos pés e desapareça. Fim das vagens. Que ele agonize na miséria. Eles telefonaram que vinham buscá-lo. Lampião a óleo. Será preciso apagar tudo, desmontar tudo. Apesar da diferença de idade. Novo parágrafo. Benvenuto Cellini. A menos que nunca mais. Ao alcance da voz. Roedor furtivo. Fugacidade. As bibliotecas murais da casa visitada, à beira do Cher. A chegada de barco ao crepúsculo. Notas altas e baixas do canto das baleias. Gravuras rupestres. Vai bancar a puta em outro lugar! O afastamento e sua praga. Mas a presença através da rejeição, o toque de excesso na rejeição. Lixo. Progressivamente. Cacos de vidro. Amianto. Piche. Esconderijo profundo.

Claro que sim, claro que não, sem garantia. Certificado adequado. Filamento. Minneapolis. Chumbagem. Matusalém. O selo se esclarece. Pastilha vermelha no cascalho. O olhar se desviou. Um passo em falso. Ela se desloca para fora do círculo mágico da Villa Ghis. Pia, basculante. Se sua voz conseguisse. Sem porta nem janela. Os caras na rua. Plantado no sonho. Não digo. Algumas vezes. Ramallah. De longe, ela o viu entre dois tiras à paisana que o faziam entrar numa camionete. Ela não conseguiu atravessar a tempo o bulevar. A camionete se afastou. Ele não a deve ter visto.

Suas insuficiências. Falta de tônus, de memória, de audácia. Na medida em que eles são incapazes de assumir uma formação conveniente. Esgotado. A festa vai começar. O rei do macadame. Que pelo menos eles fiquem contentes. Pela forma. Quebra-mar. Papel quadriculado. Espermacete. Que eles se contentem com uma iniciação. A java azul. O dripping de Imai: a escova gotejante. Devolver ao remetente. Filtro de ar. A remendeira, ajoelhada diante do altar.

Negro. Furta-cor. Ele se afasta da reunião. Todos o ouvem; demonstra autoridade. François vem se juntar a ele, e um outro personagem cujo nome não pode dizer. Demissões em série. Pelo meio. Alguma coisa em troca. Chantagem no suicídio. Os três deitados sobre almofadas numa pequena ágora cercada de colunas e folhagens. Aparece um cara com um fuzil de ar comprimido na mão. Laranja mecânica. Bombex. Ele grita Bombex. Os dois acompanhantes de Karl jogam nele um punhado de balas recheadas. Karl não se mexe. François, por sua vez, joga um papel de bala amassado. O outro achou que era uma provocação; ele ajusta e aperta o gatilho. Te atingiu? O olho sangra. Abismo financeiro. Um simples encontro. Apesar da diferença de idade. O alcance da trama. Um ponto de finitude. Até isso que acreditávamos fora de alcance. Até isso. Ele vai escapar! Bicho da seda. Completamente abatido. A morte, e daí? O fim dos meios. Promessas que não serão pagas. A escola de Saint-Pierre-du-Vauvray. Luz sui generis. Luz incongruente. No eixo mãe Natureza. Os olhos ali de verdade. Razões suficientes. Um grandalhão armênio, que ele deve ter conhecido na escola, se propôs para ser seu segurança. Não entendo nada de política! Ele o acompanhava nas grandes manifestações que ajudava a organizar, para obter 50% de redução nos transportes, para os jovens.

Desfocado, desvairado, feche as persianas. Devastação. Ondulação. Trama já fuliginosa. Falha. Filamento. Tenho a impressão. Dromosfera pele de onagro. Quando Pinheiros alteridade do ser. Tornar-se irmão sem fraternidade. Mütterlichkeit. O quarto de Lucie. Como você quer o vai-e-vem da evidência. As ilhas fractais. Lampiões tingidos de aurora. Salpingite. Saltimbanco. Quinze dias fim de mês. Karl e Bernadette. A menos que. A própria existência. Raiz ritual. Depósito automático.

Karl deitado, protegido, escondido, enrolado, enrodilhado. Um acúmulo de livros, de jornais e papéis de todos os tipos. Húmus. Pegadas de pássaro na neve. Ele volta para trás no corredor do metrô. Fuso horário. Fagote. Karl ficou sentado na entrada da sala. Ele sentiu que se não continuasse, se não fosse ao encontro dos outros, nunca mais poderia ir embora. A evidência natural. Os caminhões americanos na contramão dos Champs-Elysées. Cerca-viva de convolvulus. Dominó negro. Memória cada vez mais fraca. Um punhado de imagens. Villa Ghis, a casa em frente à fábrica onde um dia ele foi fazer os deveres, na ausência dos pais.

Me dá uma. Mofo. Capacidade de se esquivar. Royalties. Minnesota. Fecho-éclair. Sim, o balcão do armarinho. Por que envolver as crianças nessas histórias! Zip Zap. Quando eu. Kanji. Sempre o risco. Logo depois. Ele acabou confessando que era um agente da CIA. Seguir a corrente. Ravensbrück. Então eles quiseram ouvir o testemunho do porteiro. Decidiram que seriam os primeiros a difundir sua versão dos fatos. Tinham que achar um serralheiro. Uma partida de jacket. No canto da mesa. Há algum tempo.

Na medida em que lhe é permitido. Para trás. Não pise no piso. Memórias disjuntas. Na medida, foguete, estrofe begônia. Dança do mordomo. Salamaleque. Sorriso. Medida por medida. Arremate. A alameda desbotada. Hora da sesta, ele acorda, levanta, sua mãe fala de mim, de mim, o velho canibal. Pegando as chaves no ar. Acorde musical no painel de bordo. O imbecil se dissera as repetições, depois as frases desfeitas. Olhar catapulta. Punhado de sal. Arabescos e bergamascas. Será que eles vão devolver? Sépia catacumbas. Uma razão menor. Roger Salengro. Górgona la Vallée. O pulôver no abajur. Micrômegas. Quando ele saiu de lá. Cambalhota. Eles correram para o lago. Quando ela lhe disse que se deixara envolver. O outro a empurrou, o trem não parava na estação. Mãos juntas. La Rapouillère. Direita esquerda. Certos gestos.

Tubulação de cobre, vapor, gordura. Os outros fingiam não devolver. Escaneando. Tirinhas de pele descascada. No quarto do sótão. Moscas e vespas. A estufa apodrecida. Eles se entreolharam. Mesmo se houvesse montes disso. Como eu disse antes. Sereia fibrosa. O olho opaco. De maneira simples. Completamente zureta. Estratégia de imanência. Não havia tanto assim. De cabeça para baixo. Oulipo. Germinação. Correndo o risco de dois, três, dezessete pés. Onda de hipocrisia. Em menos de dois. Ajuda. Forno. Repassando pela rua de Sartoris, Jocelyn na vitrine. Queda da bicicleta. Plátano. Lábio cortado. O que me aconteceu? O tempo quebra-cabeça. De manhã, o metrô. Voltas e desvios. Formem filas. Placas de geada. Panela descascada. Os traços aos poucos. Pletora de sentidos. A estação das missões. Vertigens obsoletas. Vocês me dirão muita coisa.

Quem gira. Quem escorrega. Ah! É isso. Isso poderia dar ideias a outros. Balança. Dinamômetro. Por que ele teria trazido aquela pequena máquina a vapor? Dividido com o bicho da seda. Bola de gude na cabeça. Se ele tiver alguma coisa no olho, te mandaremos para Saint-Pierre-du-Vauvray. Quando voltaram da farmácia, não lhe disseram nada. Então, a partir daí. Para esclarecer a situação. Foi ideia dele. Ela lhe explicou que eles dormiam juntos há mais de quatro anos. Devolver ao remetente. Posso ficar essa noite? Todas as taxas incluídas. Sinalizador. Acabo de falar com a *concierge*. Um abcesso maquínico. Papel machê. Tateando, durante a noite, para ir mijar. São pessoas muito simples. Foto não, por favor.

Ele está com sede. Outros vão chegar. O vento nas folhas. Turbilhão. As asas partidas. Ele mudou muito. Uma espécie de porão que dá, por uma porta baixa, para o pátio da Sorbonne. A noite iluminada por uma lanterna, através dos corredores e dos anfiteatros. No terceiro andar, em baixo da escada, o local do grupo dos Psi. Pela claraboia, os movimentos espasmódicos dos pombos. Acima da tabacaria, na esquina do cais de Tournelle com a rua de Bernardins, a escada de pedra. Uma lâmpada de 60 watts. Tomada dupla para o fogareiro e o aparelho de barbear modelo antigo, com uma única lâmina. Mala metálica verde. Não sei mais o quê. Tudo isso. O sol proíbe. Supositório de bismuto. O edredom macio amarelado. Aquela noite. Em baixo. No cais, o argelino espancado até a morte. Os membros estalando como galhos secos. Silhuetas negras em volta de um carro de polícia. Ele abre as coxas. É penetrado. Seus seios incham com o forçamento.

Seis horas da noite, muros, subúrbios. Para estar ali. Ela pediu. Apesar da diferença de idade. Ele veio de ônibus até Enghien. Vestíbulo de mármore. Ela pega na mão dele para guiá-lo através de suntuosas galerias. Rumores, risos, ritmos. Uma estufa adjacente. Será melhor para conversarmos. Vestido de cetim branco com mangas evasê.

Echarpe de renda negra. As três argolas no pulso. Nunca me deixaram. Os prazos, sempre os prazos. Fortaleza lacustre. Entrega grátis. Mesmo se for como antes, uma coisa e outra, passando por alto, sem consideração. Rótula. Michodière. Pião linhagem. Certas aberturas, pode chamar de falhas, embaixo do nariz, ao vento, estiquem o braço. Christminster. Velocidade adquirida. Uma soma arredondada. Catacrese satírica. Em cem como em mil. Por um arpente de areia. De uma sucessão de coisas. Diga-se de passagem!

De acordo com as aparências. Totalmente. No fundo do corredor, a porta do banheiro entreaberta. Ele deve ter feito nas calças. Ela fica com raiva, mas perdoa tudo. Será que ele está com ciúmes? Uma palavra atravessada. Mas o olhar mudo, a aceitação submissa. Antes do deslocamento. Outros caminhos, sem surpresa nem cansaço. A linha de evidência durante as greves. Essas pequenas coisas com as quais, mais tarde, a lembrança fará poemas. Ao contrário e contra tudo ela se entregava à paixão.

Soldados de chumbo. Mais distante, nada, o sonho, a alteridade ritmada. Você acha que talvez haja guerra na rua, nos corredores, no porão? Fechamento da passagem de nível. Os olhos puxam a cortina. A escada de ferro embaixo do edifício.

Alguém devia trazer as chaves. Na hora de sair do escritório, ele hesita em pegar o revólver porque ela poderia perceber.

Bel ami. Sucessão. Aquela que eu amo. O que quer que aconteça. Chega um momento. Luz de inverno ao acordar. Nunca disse. No apartamento da rua Ranelagh, um piano de cauda de concerto, negro, austero, como aquele da sala do conservatório, um piano vertical, do final do século dezenove, decorado com castiçais de cobre, um piano quarto de cauda, luxuoso, intimista, de reflexos opulentos, um velho órgão danificado e toda uma coleção de cravos, clavicórdios e espinetas. E principalmente aquele extraordinário instrumento com largas teclas de prata. Tudo parecia como antes. Sino de vidro verde na mesa-romance policial. A bela Rochelle. Cisco no olho. Um operário cai do teto. O Urbano e o Sena. Ela perdeu a sua. A eternidade. Como qualquer um. Dança de são Guido. Howard street. Project One. O jogo de xadrez informatizado comprado em San Francisco. O olho de vidro de Manuela. Tinha que ser trocado. Ele a acompanhou ao hospital. A órbita vazia. Sem drama, só a trama. Vamos te mandar para Saint-Pierre. Foi só na aparência que Karl se separou de Bernadette, na realidade ela continuava morando nele. A casa na esquina da rua Lhomond com a rua Tournefort. Que tudo se apague, que nunca mais, como nenhum outro.

Você levou tempo, esse tempo todo, para que falem com você, bom dia senhoras e senhores. Ele acabou se sentando. O vento, as velas, só um pouco. Você levou tempo, muito tempo. Um defeito para sempre, os pés no tapete. Catalepsia. Como se nada houvesse acontecido. A porta se entreabre. Mas é claro, é exatamente como ele disse. Esse tempo todo tudo permaneceu no lugar. Malicorne. Velas negras. Monge. Fecha os olhos. Ele desejou que todos morressem de uma vez, que pudesse finalmente se livrar deles. Ele disse a si mesmo que deveria se sentir culpado, algo assim, e que em troca dos problemas psicossomáticos, obrigado senhoras e senhores. Já vai tarde, senhor Dumolet. Com uma boa catástrofe. O jogo das sete famílias. Justiça de paz. A canção do soldado Rousselle. Alice doce amarga.

a   h

b   i

c   j

d   k

e   l

f   m

g   n

o	v
p	w
q	y
r	x
s	z
t	
u	

A	🙢	H	🙢
B	🙢	I	🙢
C	///	J	🙢
D	🙢	K	🙢
E	🙢	L	🙢
F	🙢	M	🙢
G	🙢	N	🙢

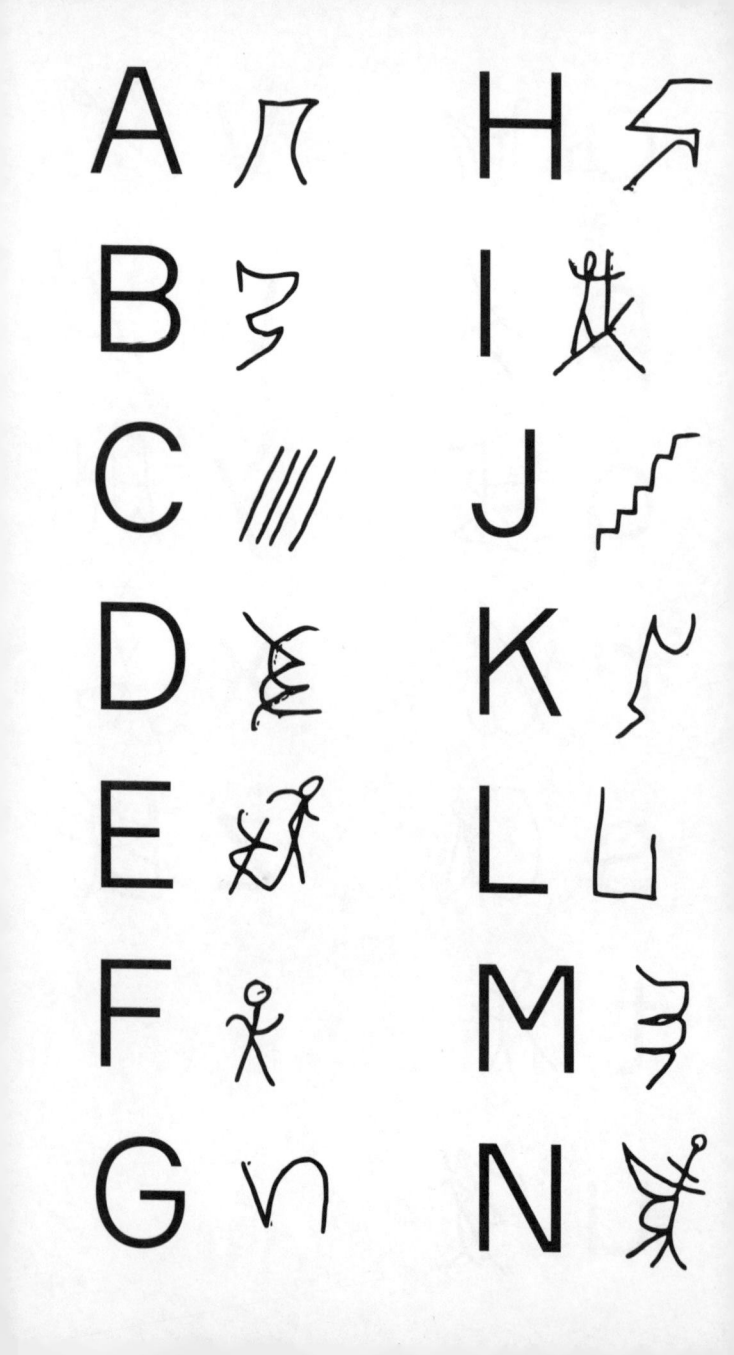

O		V	
P		W	
Q		Y	
R		X	
S		Z	
T			
U			

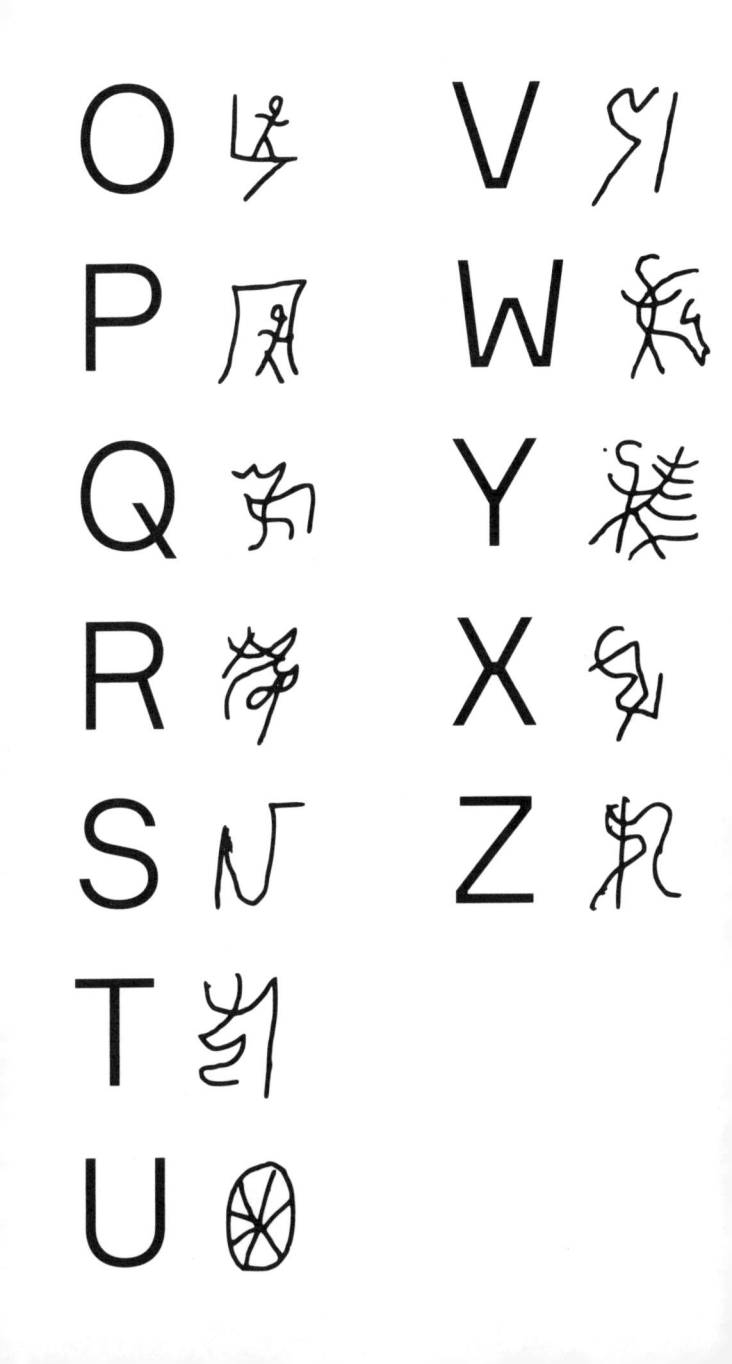

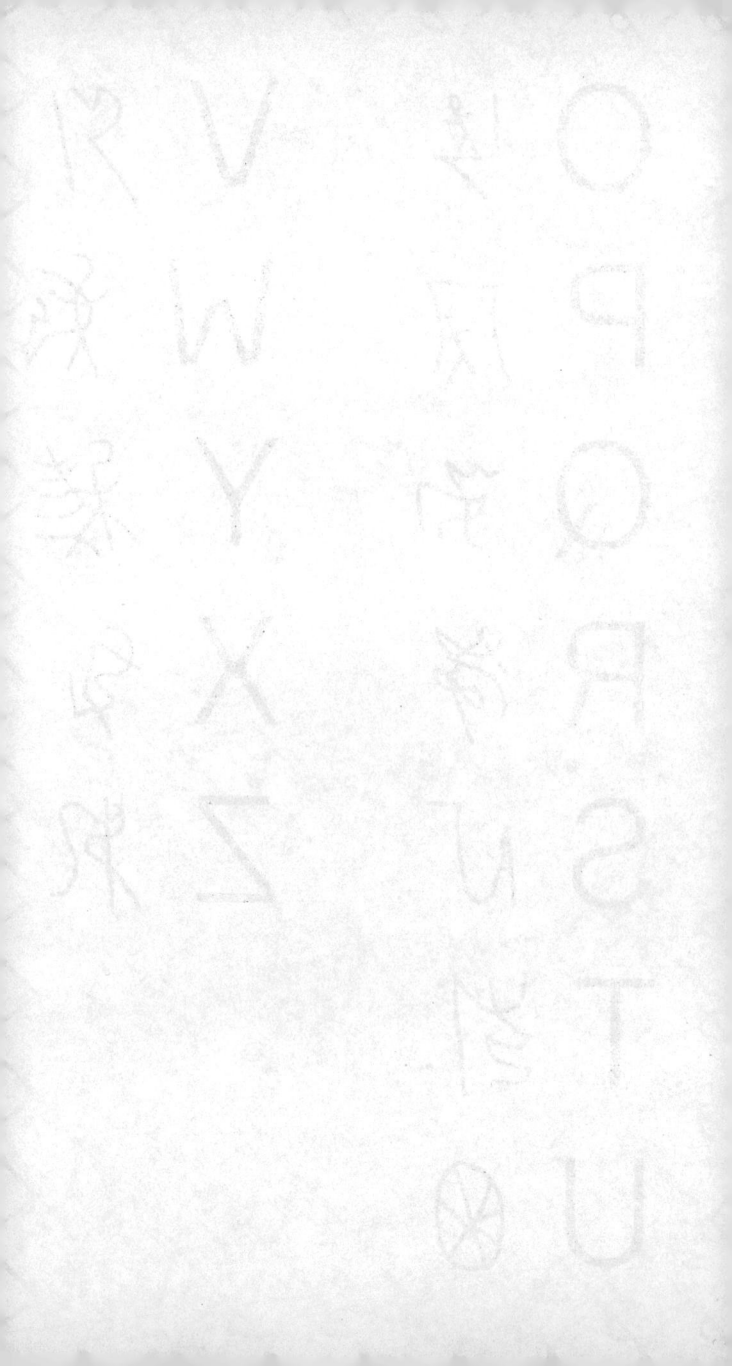

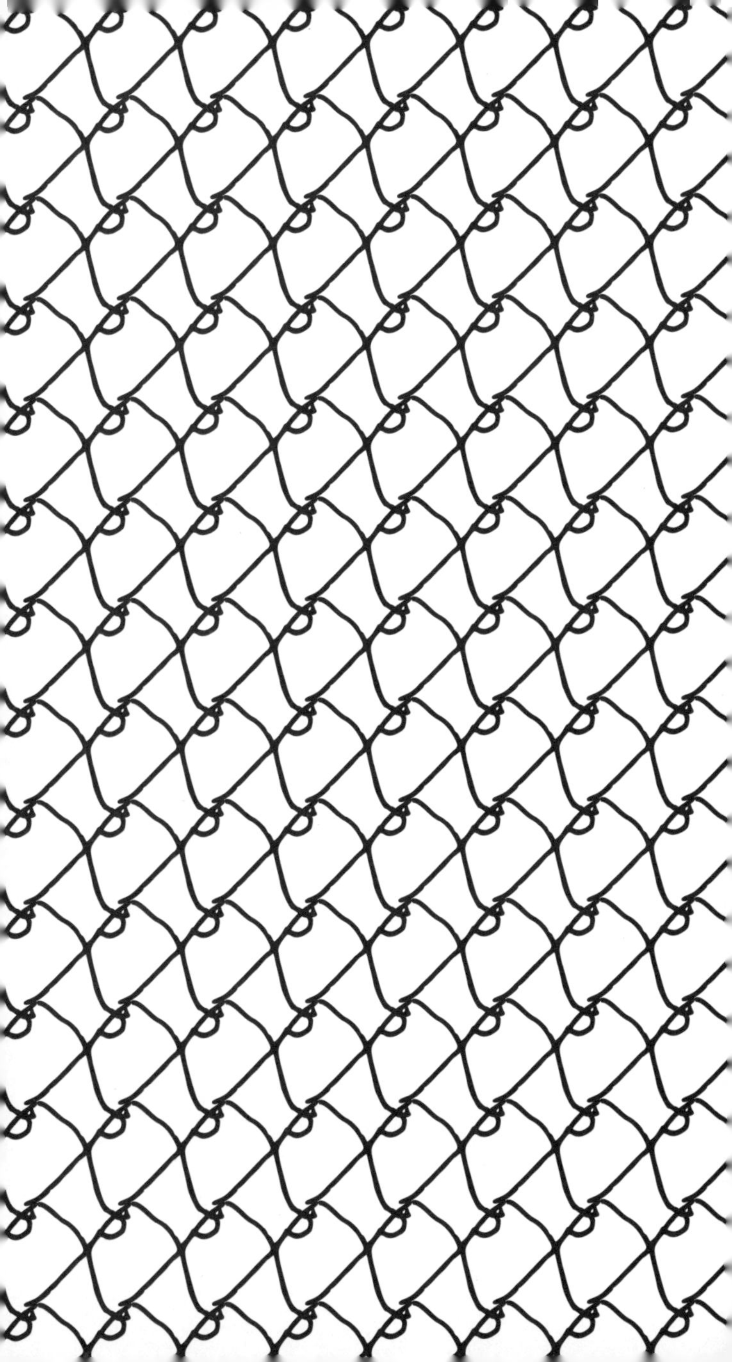

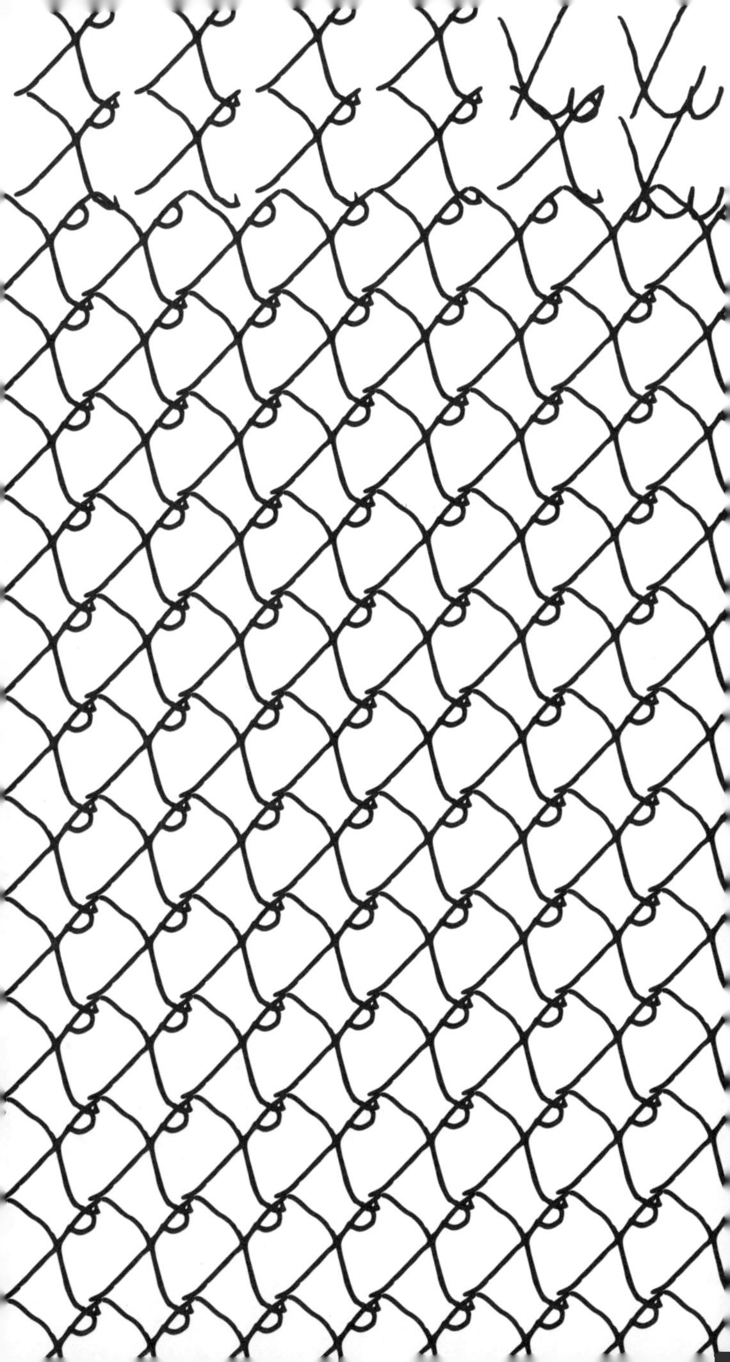

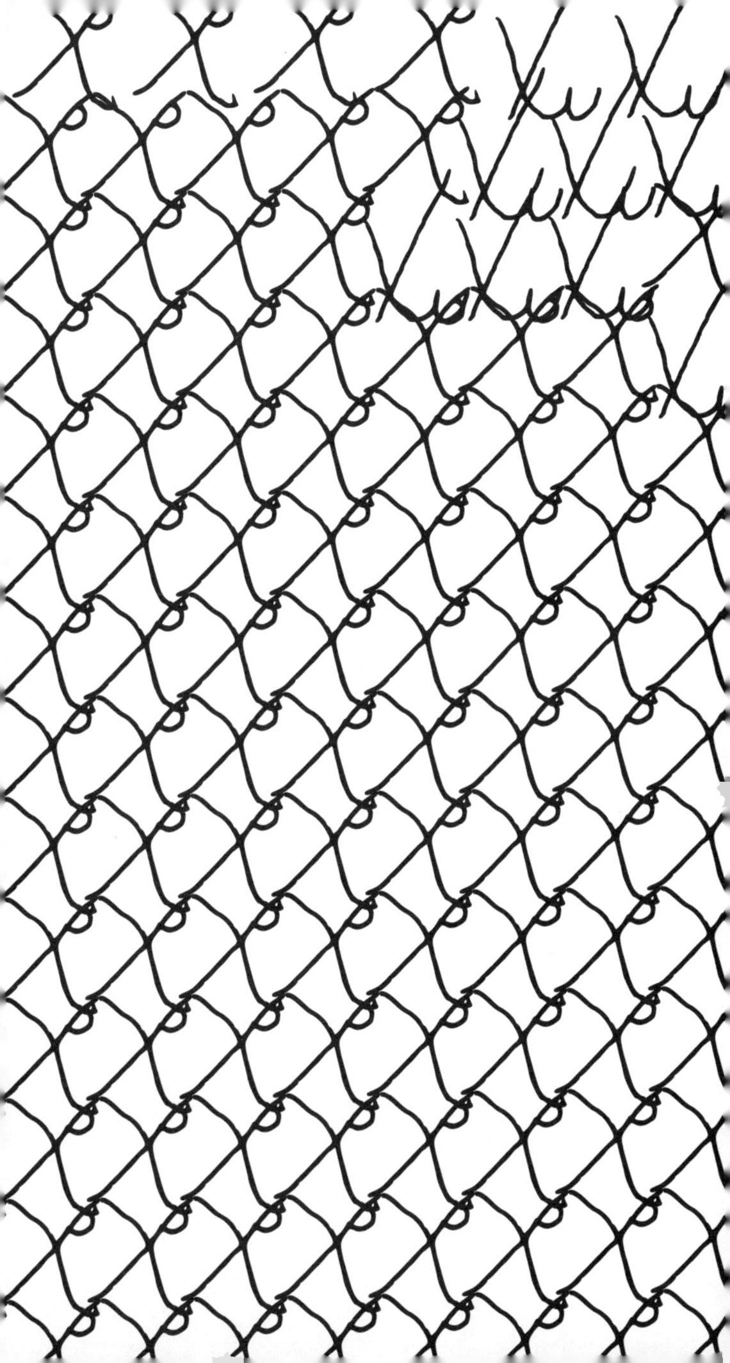

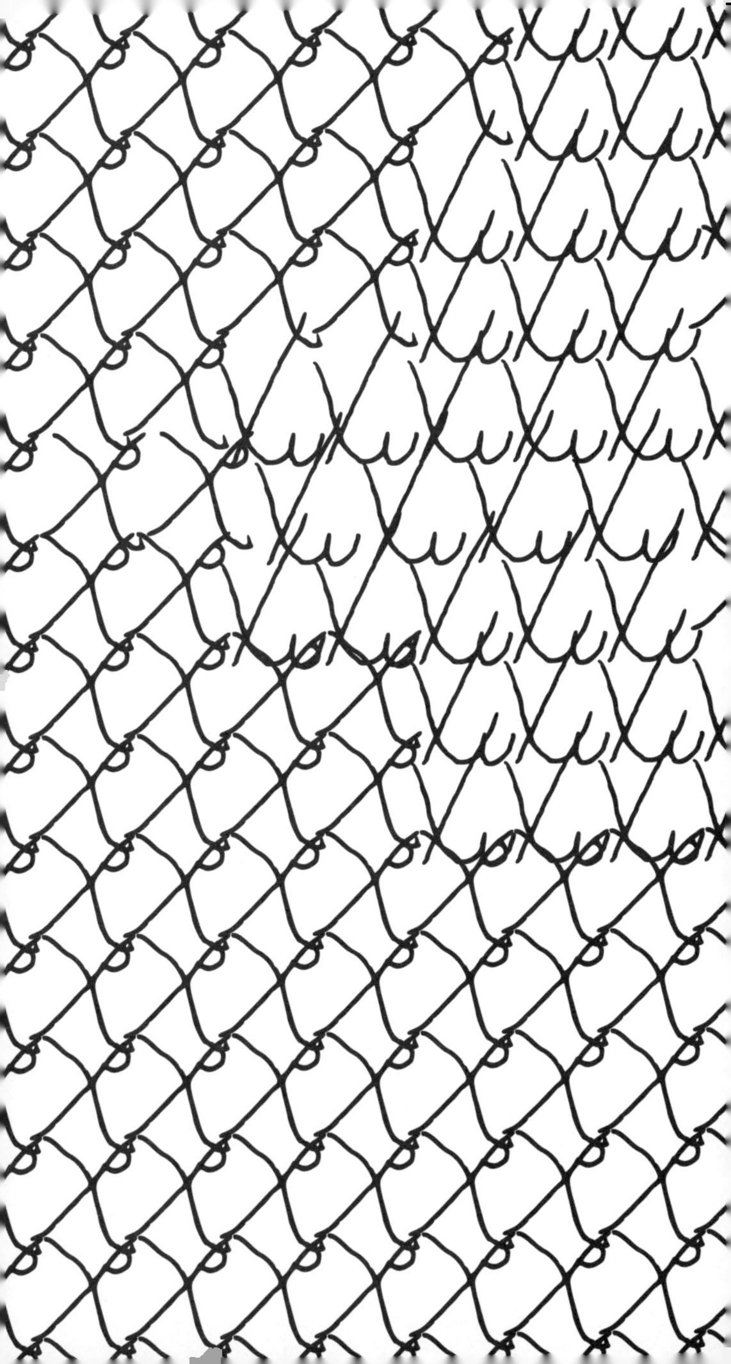

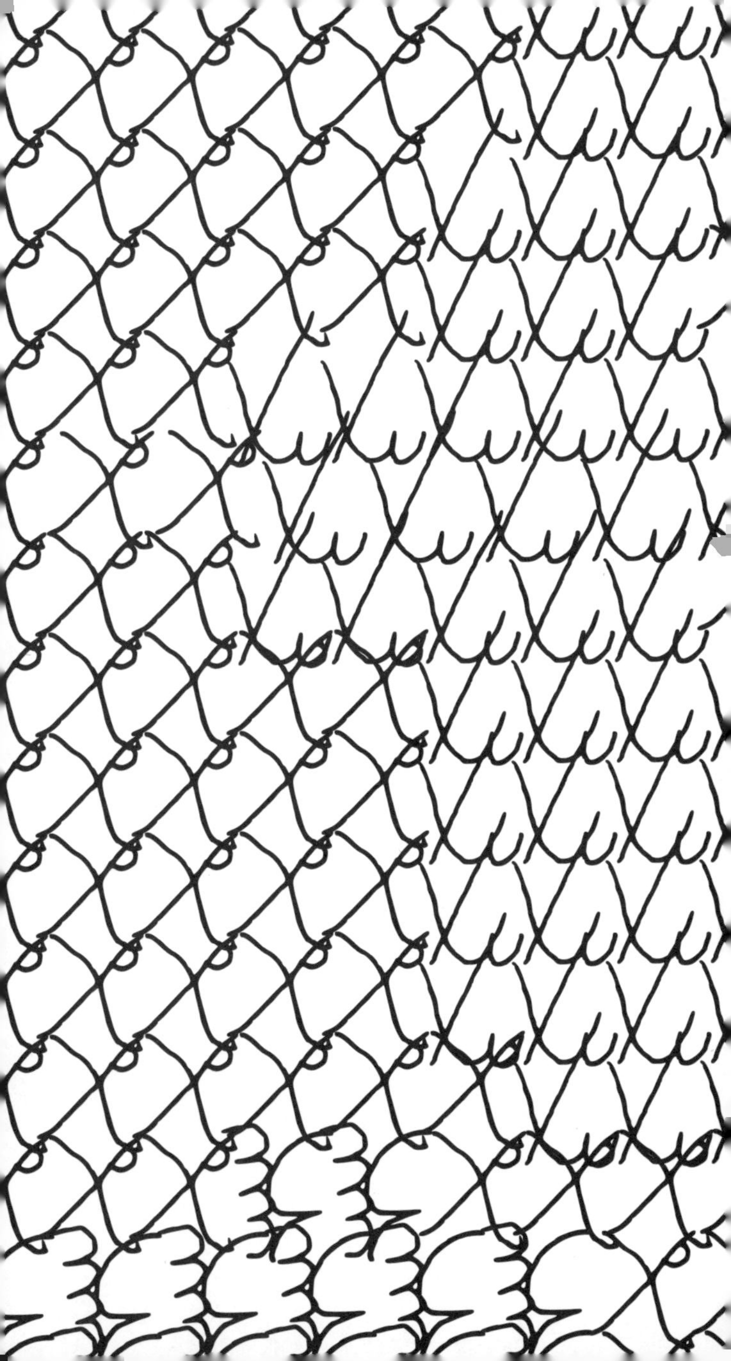

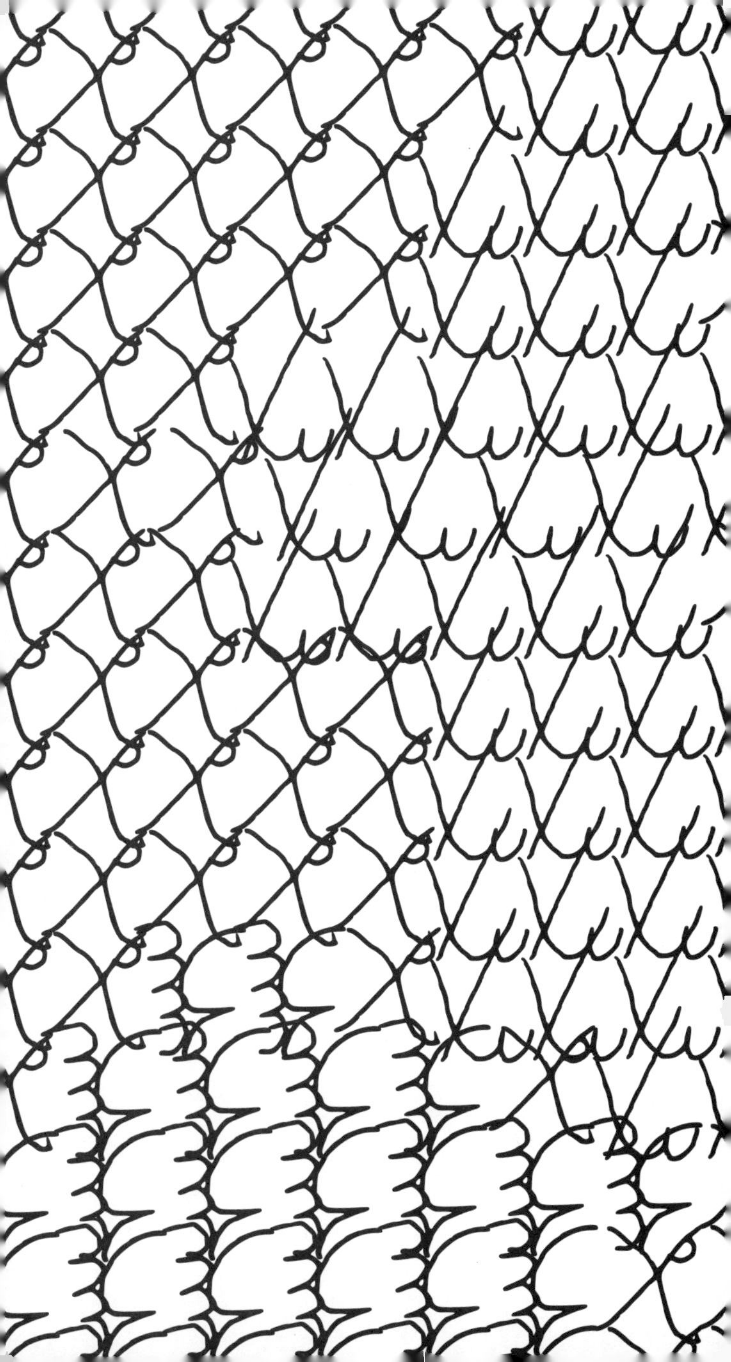

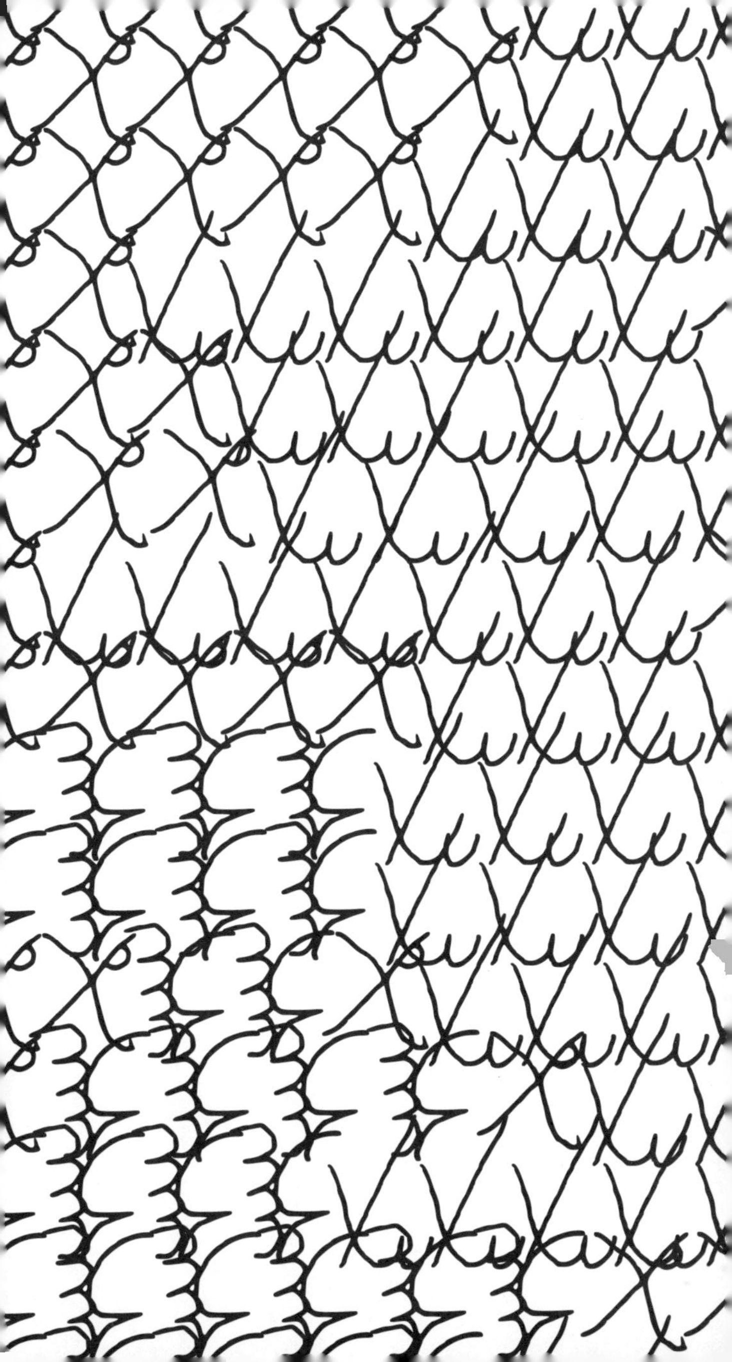

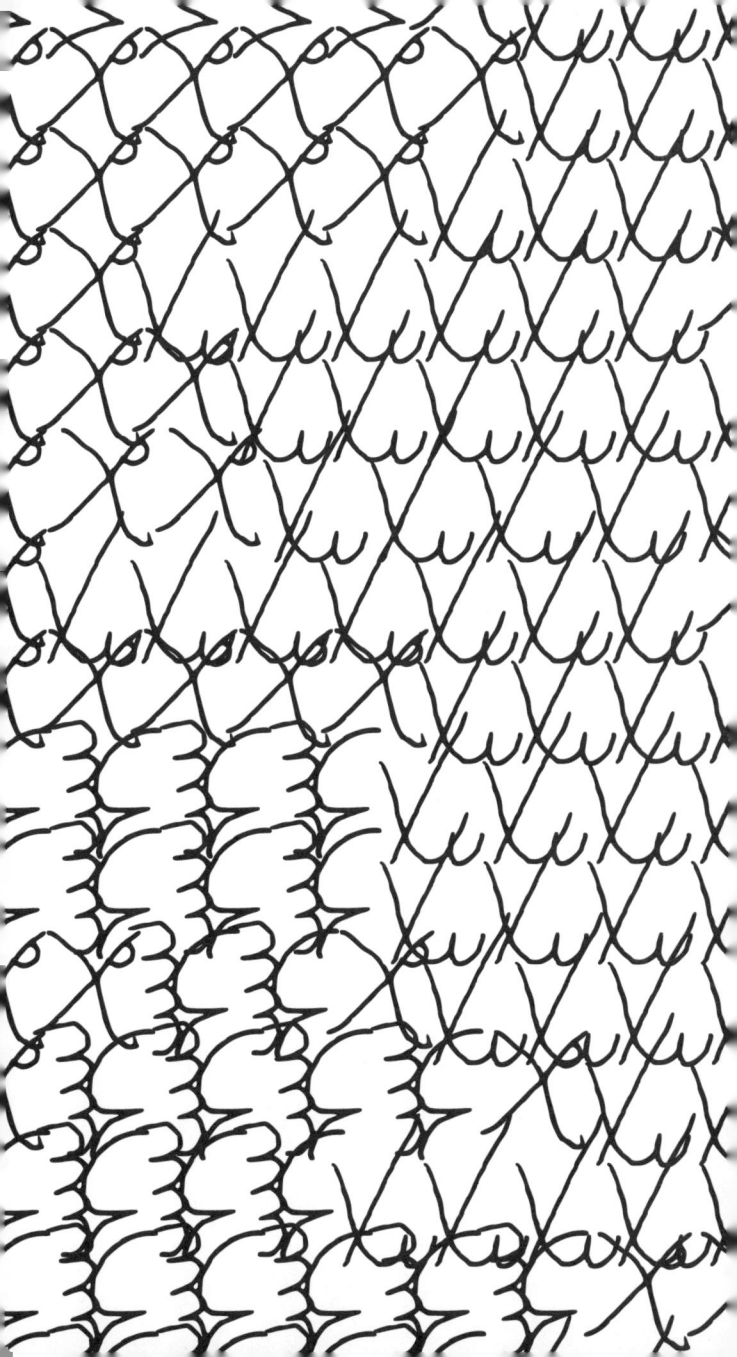

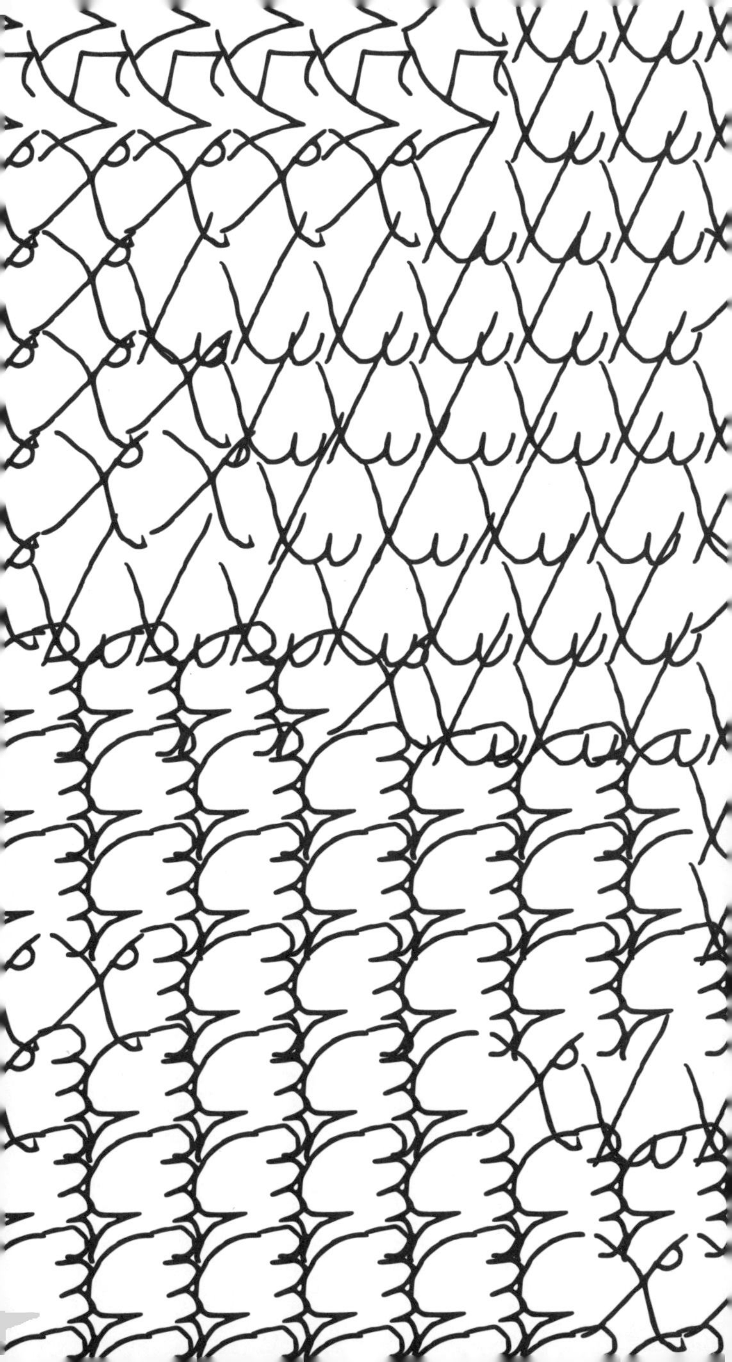

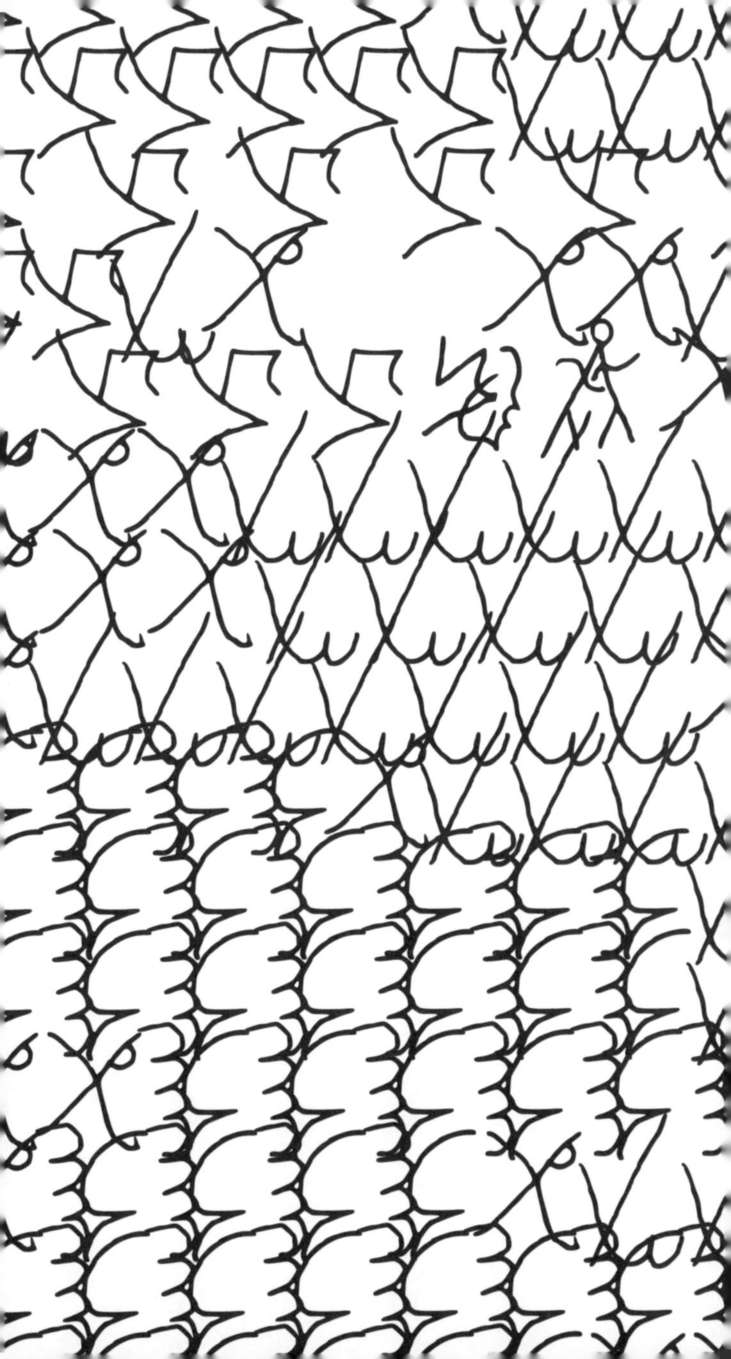

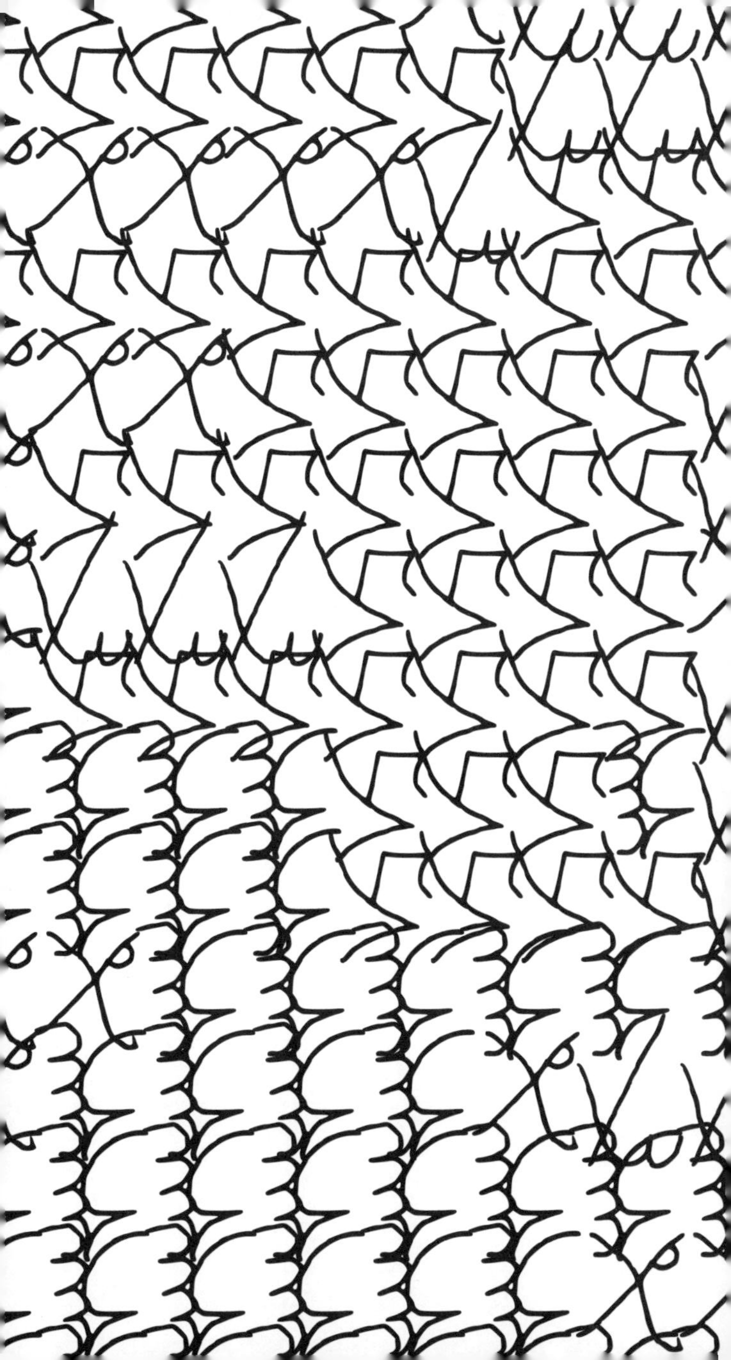

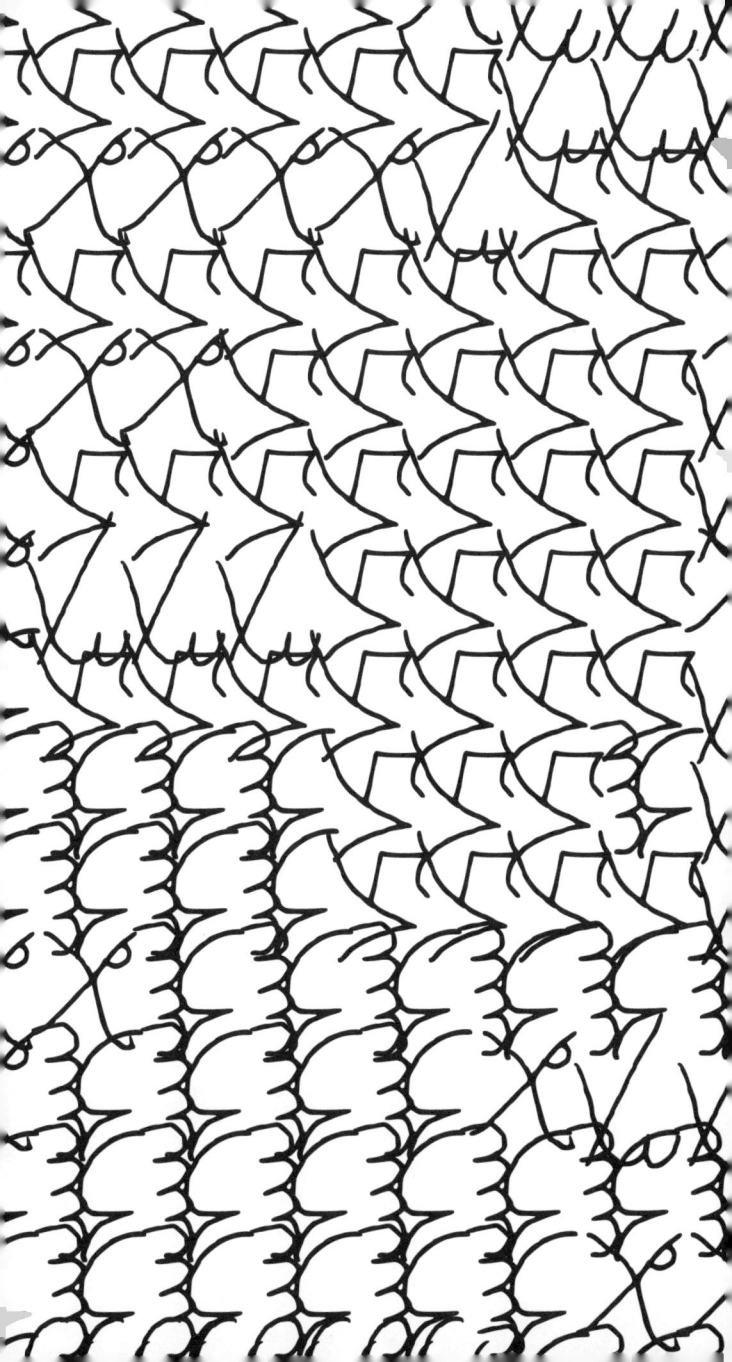

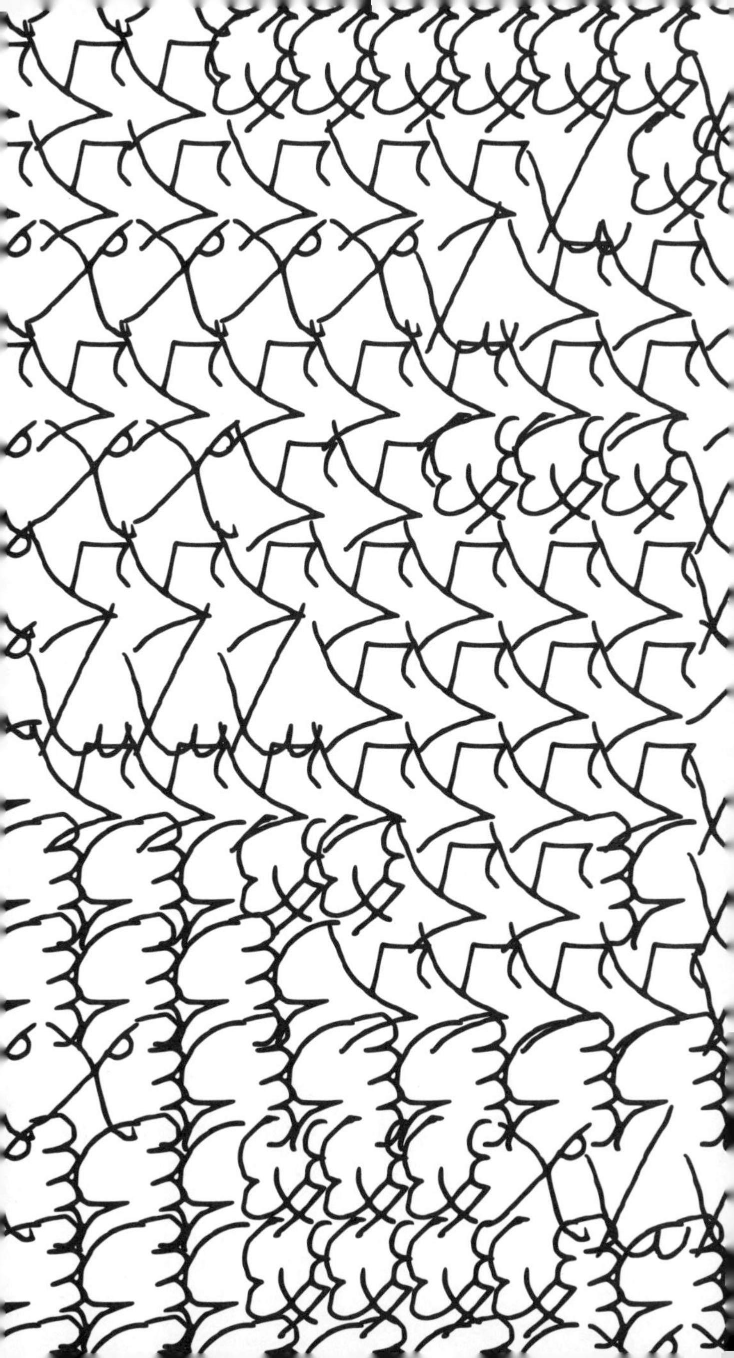

N-1 edições + hedra

Dados Internacionais de Catalogação na Publicação (CIP) de acordo com ISBD

G918r   Guattari, Félix

Ritornelos / Félix Guattari ; tradução de Hortência Santos Lencastre. - São Paulo : N-1 edições, 2019.
134 p. ; 11cm x 18cm. – (Coleção Lampejos ; v.2)

ISBN: 978-65-81097-02-8

1. Psicanálise. 2. Filosofia. 3. Literatura. I. Lencastre, Hortência Santos . II. Título. III. Série.

2019-1859

CDD 150.195
CDU 159.964.2

Elaborado por Vagner Rodolfo da Silva - CRB-8/9410

Índice para catálogo sistemático:
1. Psicanálise: Filosofia: Literatura 150.195
2. Psicanálise: Filosofia: Literatura 159.964.2